U0137539

蒙古族英雄系列
MENGGUZU YINGXIONG XILIE

蒙古秘史

故事

泰亦赤兀惕·满昌◎改编

赵文工◎译

内蒙古出版集团　内蒙古人民出版社

图书在版编目（CIP）数据

蒙古秘史故事／泰亦赤兀惕·满昌改编.-呼和浩特：
内蒙古人民出版社，2014.3

ISBN 978-7-204-12783-2

Ⅰ.①蒙…　Ⅱ.①泰…　Ⅲ.①蒙古族-民间故事-
作品集-中国　Ⅳ.①I277.3

中国版本图书馆 CIP 数据核字（2014）第 048117 号

蒙古秘史故事

改　　编	泰亦赤兀惕·满昌
翻　　译	赵文工
责任编辑	张　钧　贾睿茹
封面题字	马继武
封面绘图	马东源
封面设计	柴津津
内文插图	哈斯额尔灯
责任校对	李向东
出版发行	内蒙古出版集团　内蒙古人民出版社
地　　址	呼和浩特市新城区新华大街祥泰大厦
印　　刷	内蒙古爱信达教育印务有限责任公司
开　　本	710×1000　1/16
印　　张	12
字　　数	180 千
版　　次	2014 年 8 月第 1 版
印　　次	2014 年 8 月第 1 次印刷
印　　数	1-3000 册
书　　号	ISBN 978-7-204-12783-2/I·2524
定　　价	29.80 元

如出现印装质量问题，请与我社联系。联系电话：(0471)4971562　4971659

译者的话

　　2013 年初,时值农历年底,我正在北京度假,忽然接到内蒙古人民出版社的电话,约我汉译《蒙古秘史》(可简称"秘史"),要译的是满昌先生多年前编写的《蒙古秘史故事》那本小册子。当时我的回答是,电话里说不清楚,三月初开学后再面谈吧。其实,当时我在心里已经推辞了这项工作。之所以推辞,是出于这样的考虑:众所周知,《蒙古秘史》原蒙古文本已亡佚,流传至今的是它的汉语音写译本。此汉语音写译本由三部分内容组成:1.用汉字标写的原蒙古语全文;2.汉字直译的蒙古语词汇和蒙古语语法附加成分(旁译);3.282 节后概写的"总译"。许多年来,学界对这三部分内容进行了广泛深入的研究,论文、专著、蒙汉语译本可谓数不胜数。我一直觉得,从严格意义上说,汉译《蒙古秘史》不属于"蒙译汉"范畴,至少不属于我心目中的"蒙译汉",秘史原蒙古文已佚失,何谈"蒙译汉"!再者,仅仅大名鼎鼎的札奇斯钦先生的《蒙古秘史新译并注释》一部书,就让我对"汉译"《蒙古秘史》望而却步了!那种"翻译",其实"研究"是占了主要比重的,绝不是像我这类的"译者"能够问津的。

我深知，承揽这种等级的"翻译"任务，如果没有深厚的蒙古史学功底、文献功底、蒙汉语言功底是绝胜任不了的。凭自己在秘史学方面的"学养"，想搞札奇斯钦先生这种档次的"翻译"，岂不是痴人说梦吗！尤其是想起多年前读过已故亦邻真先生的"评《新译简注〈蒙古秘史〉》"一文，就更觉得接手这样的"翻译"工作可是胡来不得，必须慎之又慎！开学后，忙于教学和蒙译汉工作，就把这件事忘却了，也没再主动联系内蒙古人民出版社。

四月份，又接到出版社的电话，说的仍是那件事。尤其是我非常佩服的学生照日格图也专门打来电话，向我说明了汉译《蒙古秘史故事》的意义，诚恳地劝我接受约请。于是，我对此进行了认真的思考和权衡，便又有了新的想法。

《蒙古秘史》是蒙古民族的一部历史、文学名著，关于它涉及的诸多领域的文化价值，前人已多有论及，无需我在此喋喋不休。后人对秘史一书曾冠以"奇葩"、"丰碑"、"不朽"、"伟大"、"里程碑"等等，每读到这些赞美之词，就令人不由地想走近秘史，读懂秘史。但实事求是地讲，时至今日，真正了解此书内容的人并不是很多。即使在内蒙古最高学府内蒙古大学，诸多操蒙古语的蒙古族的文史学科的师生，不了解这部名著大致内容的，也大有人在，有的甚至连有关秘史的常识性知识也丝毫不具备。这，不能不令人感到悲哀！造成这种民族文化的悲哀的原因固然很多，但不可回避的一点是，对多数文化人来说，《蒙古秘史》的确挺难读。之所以说它难读，我以为原因有以下两点：一、秘史的各种版本的译注本，注释繁多深奥，注释者旁征博引，引经据典，释文的文字古奥艰深，大量的古代汉语、外语、音标让人头晕目眩。这些注释文字宛如一片汪洋大海，已把秘史原文所表述的情节内容淹没了。没有一定学术功底、没有一定古蒙语和古汉语基础的人，往往是没翻几页，就极有可能歇手作罢了！总之，这样的译文非学者是难以接近的。二、译文佶屈聱牙，和规范流畅的现代汉语相比有着较大差异，众多蒙古语人名、地名的汉语音写方法与现代的相比，也有着很大不同。就语法修辞而言，有的地方的文字表达甚至让人无法接受或理解。这也不足为怪，因为当代多数《蒙古秘史》译文所依底本，多是清人的善本或今人额尔登泰、乌云达赉的《蒙古秘史》校勘本等。译者们都偏重于学术研究，特别重视忠实于原蒙古文内容，翻译时尽可能采用"直译法"，非常重视"信"，于是也往往无暇顾及"达"，更谈不上"雅"了。我非常理解译者所秉持的翻译理念，但这样的译文读起来实难产生引人入胜的效果。要读懂这样的译文，在如此艰涩的行文中，弄懂《蒙古秘史》的基本内容，换言之，要"啃"下这块"硬骨头"，无疑是件不太容易的事。

我相信，尽管目前我国学风如此浮躁，但还是会有不少人希望读到一部内容既忠实于原著，文字又较浅显易懂，读起来既能较全面，又能较轻松地了解原著内容来龙去脉的《蒙古秘史》读本。满昌先生所编的蒙古文版《蒙古秘史故事》这本小册子，在这方面做出了努力。此书薄薄的，文字很浅显，没有令人望而生畏的巨量"注释"，虽删掉了原著少数文字、章节，但内容还算比较完整。这对于普及秘史文化知识来说，应该是起到了一定积极作用的。但它毕竟是蒙古文小册子，所以阅读的人还不够多。这样看来，将这本小册子译成汉语，对于进一步在内蒙古地区乃至全国普及秘史文化知识——使学习者初步走进秘史，或许还会起到一点点的积极作用。

基于上述想法，我最终接受了汉译《蒙古秘史故事》这本小册子的工作。

在汉译《蒙古秘史故事》时，我在前人学术成果的基础上，作了以下两方面的努力。

首先是争取做好译文中的"注释"。满昌先生的《蒙古秘史故事》原文中几乎没有注释。但我读完自己的没有注释的译文后，并没有完全搞明白这本小册子的内容。由是我想到，尽力减轻我们所针对的读者群的阅读负担，无疑是应该考虑到的，但秘史毕竟是蒙古族古代一部古籍，主要记录了以战争逐步统一社会、变革社会制度的过程，其中涉及的众多部落、人物之间的关系错综复杂。有的关系，原文中并没有直接做出清晰说明，是后世学人通过研究，利用了其他古籍才理清的。例如，成吉思汗征战王汗部落，其中对王汗的结局交代得非常清楚，但对于王汗的儿子桑昆的结局，秘史却没有记载，这有可能使读者感到困惑。是后世专家利用《元史》、《史集》、《圣武亲征录》等书，才将此事搞清楚的。我们有必要通过注释，对此做出简明扼要的交代。另外，对文中出现的某些蒙古族古代习俗、宗教信仰等，如果不做注释，读者，尤其是文化水平不是很高的读者便很难读懂。例如，在"阔亦田之役"一节中，札木合的不亦鲁黑汗、忽都合·别乞两人，以"札答石"行法术呼风唤雨。什么是"札答石"？如果不加注释，恐怕读者读后会一头雾水。因此我觉得，如果翻译时完全不顾"注释"，就不利于我们的读者——秘史的初学者，搞清《蒙古秘史故事》的来龙去脉。

4

我所坚持的是，必须以"普及秘史文化知识"为宗旨，在充分考虑这一层级读者的阅读能力的前提下，为原文做出必要合理的注释。要做到这一点，译者就必须更广泛深入地研阅前辈学者在注释方面的研究成果，再通过分析、比较、取舍，认真撰写出表达清晰简明的现代汉语释文。释文力避使用古代汉语，不引用古籍原文，不罗列研阅时所利用参考的文献资料名称、作者，例如《元史》、《金史》、《圣武亲征录》、《黄金史》、拉施特《史集》、达木丁苏荣、谢再善、法国学者伯希和、日本学者小林高四郎、美国学者柯立夫等等。不以音标标注蒙古文字、汉语音写用字的读音。不搞学术考证，不在注释部分中搞学术争鸣。例如，木合黎受封蒙古国王的年代，据秘史所记，为丙寅年，即公元 1206 年，而据《元史·太祖纪》、《元朝名臣事略》载，为丁丑年，即公元 1217 年。学界公认后者正确。但我们的译文不对此作出注释，只依照秘史所记进行翻译。又如，秘史所记成吉思汗派遣搠儿马罕征伐西亚巴黑塔惕国之事，应为斡歌歹汗时期的事。对此，译文中也没做出注释。再如，阿阑·豁阿感光（感天狼）生子的情节，是一个世界性的神话母题，关于秘史中这则母题的文化蕴涵，是个很复杂的学术问题，见仁见智，众说纷纭。考虑到此译本的宗旨是普及秘史文化知识，所以在译文中没有参与这方面的学术争论,也不具体罗列各家的观点,只根据自己的理解,尽自己所能,做了一条简短注释。

其次,争取字斟句酌地"翻译"好原文。这本《蒙古秘史故事》的蒙古文,是参考了前辈学人《蒙古秘史》汉译本、蒙译本后,以蒙古文撰写成的。我们将这些蒙古文翻译成汉文时,无疑应该再认真阅读作者所参考、依据的汉译本。对于汉译本的前辈作者,我们应予以高度尊重,对原汉语译文也应充分信任。然而,正如前文所述,这些汉语译文出现了很多佶屈聱牙,甚至不符合汉语语法修辞规则的语句。

我的努力是,在恪守"信"的翻译原则的前提下,反复推敲,力求行文晓畅明白,争取使译文能够"达",以至于"雅"。在山川河流的名称后尽量加"山"、"河""原野"等,以便表述更清晰,更利于读者理解。

严格地说,这本小册子还不能反映秘史的全貌,因为它毕竟是编者删减了秘史的一些内容后编成的四十一段小"故事"。为了初学秘史的读者进一步全面深入研读秘史,译者注出了每个"故事"来自秘史中的哪一节,以便今后查找核对。

应顺便提及的一个细节是,前辈学者在同一部秘史汉译本中的一些人名、地名,前后写法往往不一致,让人读了易产生混乱。例如,同是一座山岭,前文是"阿来"山岭,到了后文就变成了"阿剌亦"山岭。同是一个人,前后写为"兀孙"、"许孙"。同为一个部落,前后写为"迭儿格克·额篾勒"、"帖儿格·阿篾勒"等等。译者们根据秘史中的"旁译"过分忠实地翻译,过度地强调了"信",便造成了译文的这种"前后差异",这无疑给后人的阅读带来了不必要的负担。古人的"旁译"造成的这种毫无文化价值的麻烦,又被部分译者忠实地传递给了读者。对这些译者所尊奉的这种"信",我不敢盲目遵从。我的看法是,既然是一部译本,况且又是普及读物,其中的人名、地名前后应该尽量统一。

常听人们说这样一句话——虽不能至,心向往之。总之,我是带着这两种愿望,诚实地去完成汉译注释《蒙古秘史故事》这项工作的。尽管愿望如此,但我深知自己的学力究竟怎样。面对秘史这样的名著,面对

5

译者的话

前辈秘史学家的著述,作为一个初学者,我虽完成了这本小册子的汉译工作,但丝毫没有轻松感,只有战战兢兢,是不敢说半句大话的!至于译文及注释是否能达到预期效果,是否能得到读者及学界的认可,就只能接受实践无情而公正的检验了。

此书稿即将付梓了!真诚地感谢我的挚友内蒙古师范大学教授阿尔丁夫先生,感谢他对此次翻译工作给予的指导,感谢他多年来对我的翻译和研究工作给予的无私热情的关怀和帮助。更应感谢内蒙古人民出版社的领导和编辑,是他们的信任和支持,才使我有幸获得了参与这次翻译工作的宝贵机会!当然,最应感谢的是阅读此书并不吝赐教的专家、读者,因为你们的指导和批评一定会使我从中获得教益和前行的动力!

赵文工

2013 年 10 月于内蒙古大学

目 录

朵奔·篾儿干聘娶
阿阑·豁阿的故事

（参阅秘史 1—9 节）

成吉思汗的先祖，是承天命而降生人间的孛儿帖·赤那，他的妻子叫豁埃·马阑勒①。他们渡过腾吉思海来到了斡难河源头的不峏罕山（即今肯特山，位于蒙古国北部）脚下安营定居下来后，生下一个儿子，名叫巴塔赤罕。

孛儿帖·赤那的第十一世孙，名叫脱罗豁勒真·伯颜。脱罗豁勒真·伯颜的妻子孛罗黑臣·豁阿生有两子，长子名叫都蛙·锁豁儿，次子名叫朵奔·篾儿干。

都蛙·锁豁儿额间长着一只眼睛。这只眼睛能看到三程远②地方的景物。一天，都蛙·锁豁儿和胞弟朵奔·篾儿干登上了不峏罕山。在山上，都蛙·锁豁儿向远处眺望，看到了一群百姓正沿着统格黎克小河

---

① 孛儿帖·赤那，意为苍狼；豁埃·马阑勒，意为花鹿。有一点应指出，这是两个人的名字，不是两个动物。正如"虎""豹"这类词经常出现在汉族人的名字中，但它们只是人的名字。另有版本秘史译本注文中，说是两种动物。

② 三程远，蒙古族和北方民族古代表示路程远近的习惯说法。依译者的理解，一程，指以马的体力行走一程的距离，这种表示法在蒙古族英雄史诗中屡见。

（即今肯特山东麓的一条小河，系斡难河的支流）迁徙而来。

都蛙·锁豁儿说："那群迁徙而来的百姓中，一部黑篷车的前边，坐着一个漂亮女子。这女子尚未许配人家，就求她给胞弟朵奔·篾儿干做妻子吧。"说着，就打发朵奔·篾儿干前去打探。

朵奔·篾儿干走近那群百姓一看，果然见到一个漂亮的女子。她的美貌受世人赞誉，享有很高的名声，且尚未嫁人。这姑娘名叫阿阑·豁阿。阿阑·豁阿是豁里剌儿台·蔑儿干和妻子阔勒·巴儿忽真·豁阿所生的姑娘，她的故乡是豁里·秃马惕部落的阿里黑·乌孙。这群迁徙而来的百姓就是秃马惕的属民。

豁里剌儿台·篾儿干，由于本土自相禁约猎捕貂鼠、松鼠等猎物，氏族之间关系变得紧张，他便成了豁里剌儿氏的族长，并带领豁里剌儿台部迁徙到不峏罕·合勒敦山这片狩猎的好地方，投奔了这里的开拓者兀良孩部的哂赤·伯颜。于是才有了朵奔·篾儿干聘娶豁里剌儿台·篾儿干的女儿阿阑·豁阿的故事。

阿阑·豁阿训子的故事

（参阅秘史 10—22 节）

阿阑·豁阿和朵奔·篾儿干婚后生了两个儿子，名叫不古讷台、别勒古讷台。

兄长都蛙·锁豁儿育有四子。都蛙·锁豁儿死后，他的四个儿子不将叔父朵奔·篾儿干视为亲族，反倒瞧不起他，自立了朵儿边①氏，成了朵儿边部。

一天，朵奔·篾儿干去脱豁察黑·温都儿山上去狩猎。在森林里，他遇到了兀良孩部②的一个人，只见他正烧烤着捕猎到的一头三岁鹿的肋骨吃呢。

朵奔·篾儿干对那个人说："朋友，把你的鹿肉分给我一些吧。"那个人说道："怎么不可以呢！"说完，将鹿的心肺内脏、皮留给了自己，把鹿的肉全给了他。

---

① 朵儿边，蒙古语"四"，都蛙·锁豁儿的四个儿子与其叔父分离，独自形成氏族，后成为部落，遂得名"朵儿边部落"，意为"四[子]部落"。

② 兀良孩部，秘史中的兀良孩部，是一个古老的森林部落，和明代以降所说的兀良孩部落名同实异，没有什么关系。

朵奔·篾儿干驮着那头三岁鹿的肉往回走,途中遇到一个穷人正领着一个孩子在走。

朵奔·篾儿干问道:"你是什么人?"那人说道:"我是马阿里黑·巴牙兀惕部人。我穷困潦倒,你的那些鹿肉给我些吧,我把这个孩子给你!"

朵奔·篾儿干就按那人说的,劈下三岁鹿的一条腿①给了他,自己把那个孩子带回去,让他做了家仆。

就这样过了一段时间,朵奔·篾儿干死去了。

朵奔·篾儿干辞世后,阿阑·豁阿寡居,却又生下三个儿子,名叫不忽·合达吉、不合秃·撒勒只、孛端察儿·蒙合黑②。

朵奔·篾儿干生前与阿阑·豁阿所生的两个儿子别勒古讷台、不古讷台议论道:"咱们的母亲没有丈夫的兄弟、亲戚,也没有丈夫,却又生下三个儿子,家里只有来自马阿里黑·巴牙兀惕部的这个家仆,这三个儿子一定就是他的孩子。"兄弟俩的猜忌议论,被阿阑·豁阿察觉到了。

春季里的一天,阿阑·豁阿煮好了腊羊肉,将别勒古讷台、不古讷台、不忽·合达吉、不合秃·撒勒只、孛端察儿·蒙合黑这五个孩子叫到身边,要给他们吃。阿阑·豁阿让五个儿子并排坐下,给他们每人发了一支箭,让他们折断。五个孩子都把箭折断了。阿阑·豁阿接着又把五支箭捆在一起,让五个孩子分别来折,结果五个孩子没一个能折断它们。

于是,阿阑·豁阿说:"别勒古讷台、不古讷台啊,你们是否怀疑母亲是怎么生下的这三个儿子,他们究竟是谁的孩子? 你们的怀疑也确有道理。"

阿阑·豁阿接着说道:"每个夜晚,有个透明的黄色的人,随着亮光

---

① 一条腿,蒙古族所说的"一条腿"。指的是被宰杀的整个牲畜的四分之一,和汉族"一条腿"的概念有很大不同。

② 蒙合黑,意思是"愚鲁者"。

从天窗、门额的缝隙进包里来抚摸我的肚皮。那个神人身上的光渗透到我的腹中，然后借着日月之光，像一条黄狗似的飘然离去。于是我有了身孕①。你们怎敢信口胡乱议论？正所谓：

　　本为天骄子，

　　怎比世凡夫？

　　待等成圣主，

　　愚下才醒悟！"

　　母亲阿阑·豁阿又向她的孩子训诫道："我的五个儿子啊，你们不都是从我一个人的肚子里爬出来的吗！如果你们互相分裂，就像那一支一支的箭一样，会轻易被别人折断；可如果你们团结得像那一束箭一样，那么任何人也不易战胜你们！"

　　不久，阿阑·豁阿也告别了人世。

---

　　①　这一情节所反映的，是世界性著名的神话母题，即"感生生子"母题。具体地说，阿阑·豁阿感光（"感光"或称"感天狼"）生子这一情节，其中的文化蕴涵当是"神道设教"。神道，是指统治者利用原始宗教，为说明其王位的合法性而杜撰编造出来的所谓"自然法则"；设教，是指统治者为了使民众相信这一"自然法则"而设立的说教。"神道设教"，有似于儒家所鼓吹的"君权神授"。

 # 孛端察儿的故事

（参阅秘史 23—41 节）

母亲阿阑·豁阿去世后，兄弟五人把马群、食物饮品瓜分殆尽，别勒古讷台、不古讷台、不忽·合达吉、不合秃·撒勒只四人各得了一份，而他们认为孛端察儿·蒙合黑因为较愚弱，竟什么也没分给他。

孛端察儿由于四兄长没把自己当亲人看待，觉得待在这里也是无趣，于是就骑上一匹脊背长疮的短尾巴青白马出走了。他来到一个叫巴勒谆·阿刺勒的地方，搭起了一个草棚住了下来。

住在这里时，孛端察儿看到了一只母鹰猎捕野鸡的情景，便拔下青白马的尾毛做了一个套子，捕捉到了这只母鹰，并把它养了起来。

食物匮乏，孛端察儿射杀被野狼围堵困在沟壑中的棕鹿来果腹，捡拾狼吞吃兽肉遗留下的残骸来充饥，并喂养着那只苍鹰。就这样，他度过了一年。

春天来了，野鸭、大雁又飞回来了。孛端察儿放鹰捕捉到好多野鸭、大雁。吃不了的野鸭、大雁，被串在一起挂在一根根干枯的树枝上，渐渐地晾干，散发出浓郁的干肉气味。

一群百姓从杜亦连山阴,沿统格黎克小河迎面迁徙而来。孛端察儿到那群人那里放鹰捕猎。白天他向那群人讨些酸马奶喝,晚上就回自己的小草棚睡觉。

那些人向孛端察儿讨要那只鹰,但孛端察儿没有给。他们不问孛端察儿姓甚名谁,何方人士,孛端察儿也不问他们从哪里来、是什么人。

兄长不忽·合达吉挂记着胞弟孛端察儿·蒙合黑,知道他是顺着斡难河而下离去的,便来寻找他。他遇到了迁徙而来的那群百姓,就向他们询问,是否见到这样一个人,骑着那样一匹马。那群人说:"每天有一个人来我们这里讨要马奶酒喝,这个人的长相和所骑乘的马和你所描述的一样,他还有一只鹰。但不知道晚上他在什么地方住宿。刮西北风时,他放鹰捕捉大雁、野鸭时,散落下来的翎毛像雪片似的漫天飞舞,看来他住的地方离这儿不太远。这个时候他也该来了,你稍等会儿吧。"

过了一会儿,有个人逆着统格黎克小河向这边走来。他到了跟前,果然就是孛端察儿。胞兄不忽·合达吉认出了胞弟,就带领着他骑马向故乡回返。

孛端察儿跟着哥哥不忽·合达吉边骑马奔颠边说:"哥哥,哥哥啊!身躯应有头,衣服当有领,不是吗?"哥哥不忽·合达吉没有搭理他,仍骑马前行。

孛端察儿又把那句话重复了一遍,哥哥仍没有吱声。孛端察儿往前走着走着,又把那句话说了一遍。这时,哥哥开口了:"刚才你接二连三地说这句话,究竟是什么意思啊?"

于是,孛端察儿说:"刚才遇到的住在统格黎克小河畔的那伙人,是些不分长幼,不分尊卑的人,没有头领管束,是一群很容易对付的百姓。我们应把他们掳来!"

哥哥听了,说道:"好吧!待回家后和兄弟们商议,再看如何掳掠那伙百姓吧。"

回到家里,兄弟们经商议决定,要孛端察儿做先锋前去掳掠那伙

百姓。

　　孛端察儿做为先锋骑马前行,来到那伙百姓的居住地后,他捉住了一个怀有身孕的妇人,便问她:"你是什么人?"妇人说:"我是札儿赤兀惕族的阿当罕·兀良合真①。"孛端察儿便让她做了自己的妻子。

　　兄弟五人掳获了那群百姓,占有了他们的马群、财产,将他们变成了自己的属民、奴仆。

　　那个有身孕的妇人做了孛端察儿的妻子后,生了个儿子,因为这个儿子是外姓人的孩子,所以为他取名为札只剌歹②。

　　孛端察儿和这个妇人又生了个儿子,由于这个儿子是掳来的女人所生,所以给他取名为把阿里歹③。

　　① 札儿赤兀惕,是族名;阿当罕,是氏族名;兀良合真,意思即兀良合惕(兀良孩的复数形式)部的女人。
　　② 札只剌歹,意为"外族"、"异邦"。
　　③ 把阿里歹,"巴阿邻"的复数形式。把阿邻,意思是"捉、逮"。

也速该抢娶诃额仑·兀真的故事

(参阅秘史 54—56 节)

光阴荏苒，已到了孛端察儿第九世孙也速该·把阿秃儿的时代①。

那时，也速该·把阿秃儿正在斡难河（发源于蒙古国肯特山东麓，即黑龙江上游，是蒙古族的发祥地）畔放鹰行猎，正好遇到了篾儿乞惕②人也客·赤列都，从斡勒忽讷兀惕族娶妻回来。仔细看去，篷车里果真坐着一个非常美丽的贵妇人。也速该·把阿秃儿快速跑回家里，带着哥哥捏坤太子、弟弟答里台·斡惕赤斤返了回来。

他们追到时，也客·赤列都很害怕，便骑上快黄马，用鞭子抽打着黄

---

① 从孛端察儿到也速该·把阿秃儿的辈分排序如次：孛端察儿——合必赤·把阿秃儿——篾年·土墩——合赤·曲鲁克——海都——伯升豁儿·多黑申——屯必乃·薛禅——合不勒汗——把儿坛·把阿秃儿——也速该·把阿秃儿。

② 篾儿乞惕，游牧于色楞河流域的蒙古语族部落，其中三个主要分部，即"兀都亦惕"、"兀洼思"、"合阿惕"，俗称三姓篾儿乞惕部落。此部落曾长期与成吉思汗为敌，双方多次发生恶战。后被蒙古汗国歼灭。

马的后胯,翻过山冈逃跑了。兄弟三人在他的后面紧追不舍。也客·赤列都拐过山嘴,又绕回到自己的篷车旁,这时妻子诃额仑·兀真①对他说:"您看出那三个人了吗? 他们的脸色不对,大概是要害你性命。您如果能保住性命,就不愁再得到贵妇人。每辆篷车前都有姑娘,每辆篷车里都坐着贵妇人,再得到贵妇人时,完全可以把我的名字诃额仑命给她。眼下逃命要紧,您闻着我的香味儿逃走吧!"说完,她脱下衣衫给了他。当也客·赤列都接过衣衫时,那兄弟三人已绕过山嘴追了过来。也客·赤列都扬鞭催马,逆着斡难河逃离而去。

兄弟三人在他的后面穷追不放,一连翻越过七座山冈才收缰回返。于是也速该·把阿秃儿得到了诃额仑·兀真,胞兄捏坤太子牵着诃额仑·兀真篷车的马缰绳,走在前面,弟弟答里台·斡惕赤斤靠着车辕走着,诃额仑·兀真说:

"哥哥赤列都,

从没有这样,

顶着狂风,

头发飘散,

在荒郊野外,

忍受饥寒。

怎受着这样熬煎?

他的一对发辫,

一条搭在脊背,

一条落在胸前,

一条向后,

一条朝前,

---

① 兀真,意思为"夫人"。此词与满语"福晋"均源自汉语"夫人",意在表明她后来是成吉思汗的母亲,有"太后"之意。此词在元朝建立之后逐渐消失。

从未如此狼狈不堪!"说完,她放声痛哭,哭声激荡着斡难河水,震动着森林草原。

跟在车辕旁行走的答里台·斡惕赤斤劝慰她说:

"你搂在怀中的情人,

已越过多座山峦;

你为之痛哭的恋人,

已渡过许多河川。

即使你大声哭喊,

他也不能将你望见;

即使你追寻踪迹,

也难以将他寻见。

切莫再哭泣呜咽!"

也速该·把阿秃儿就这样把诃额仑带回家娶为了妻子。

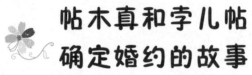

帖木真和孛儿帖
确定婚约的故事

（参阅秘史 52—53 节；57—66 节）

端察儿的第七世孙合不勒汗(海都长子之孙)统治了全蒙古。合不勒汗虽有七个儿子，却让想坤·必勒格(海都次子之孙)的儿子俺巴孩可汗统治了全蒙古。

在捕鱼儿海子(今贝尔湖)、阔连海子(今呼伦湖)之间的兀儿失温河一带，生活着阿亦里兀惕、备鲁兀惕两个氏族的塔塔儿部①人。俺巴孩亲自送女儿出嫁，被塔塔儿部人擒住，并把他送到契丹地阿勒坛可汗处。俺巴孩可汗将别速惕氏人八剌合赤派为使者，给合不勒可汗的七个儿子中的忽图剌、他的十个儿子中的合答安太子带去了口信："我身为全体属民的可汗，国主，亲自送女儿出嫁，你们务以此为戒！现在我被塔塔儿人擒捉，哪怕你们的五指指甲磨秃，十指指头磨尽，也要为我报仇雪恨！"

俺巴孩可汗提名合答安、忽图剌的口信传到蒙古地域后，所有的蒙

---

① 塔塔儿部，蒙古语族部落，就是古籍上所记的"鞑靼部落"。塔塔儿部落分支众多，这里的塔塔儿部，指游牧在呼伦、贝尔两湖畔及克鲁伦河下游一带的塔塔尔部落。

古人,泰亦赤兀惕氏族人在斡难河豁儿豁纳黑川聚会,拥立忽图剌为可汗,举行了蒙古人的庆典,跳舞,唱歌,宴饮。立忽图剌为可汗后,在豁儿豁纳黑川,人们围着茂盛的大树歌舞,踩踏出没肋骨的深沟,荡起了没膝盖的尘土。

忽图剌登汗位后,与合答安合力向塔塔儿部的阔端·巴剌合、扎里·不花两氏族发起了十三次进攻,却没能报了俺巴孩可汗的冤仇。

在那里,也速该·把阿秃儿掳获了帖木真·兀格、阔里·不花等塔塔儿部人。回来的时候,怀孕的诃额仑·兀真正好在斡难河的迭里温·孛勒答里的地方生下了成吉思汗。成吉思出生的时候,右手握着一块髀骨石般的血块,又因为恰在那时掳获了帖木真·兀格,所以就为他取名为帖木真。

也速该·把阿秃儿的妻子诃额仑·兀真生了四个儿子:帖木真、合撒儿、合赤温、帖木格。还生了一个女儿名叫帖木仑。

帖木真九岁时,被父亲领着到母亲诃额仑的娘家斡勒忽讷兀惕部去,要向母亲的亲族讨聘妻子。途中,当他们走到扯克彻儿、赤忽儿古两山间时,遇到了翁吉剌惕部①人德·薛禅。

德·薛禅说:"也速该亲家,你到哪儿去啊?"也速该·把阿秃儿说:"我带儿子去他母亲的亲族斡勒忽讷兀惕部讨聘姑娘。"德·薛禅说:"你这个儿子,目中有火,面上有光。"②

德·薛禅又说:"也速该亲家,我昨夜做了个梦,梦见白海青抓着日、月飞来,落在了我的手臂上,我对别人讲述了这个梦,这该是怎样的吉兆啊! 也速该亲家,如今见到你领着儿子来了,这应验了我的梦。这是怎

① 翁吉剌部,氏族名。分布于额尔古纳河、呼伦湖、贝尔湖以东地区。蒙古历代皇后多出自该部落。

② 目中有火,面上有光,这是常见于蒙古族历史文献、文学作品中,描绘人物时的手法。火,象征太阳;光,象征月亮。指人物是日月的后代,显示出人物的君王后妃命相。关于其中的文化蕴涵,是比较复杂的,学者们已多有研究。

样一个好梦,是你们乞牙惕氏(即后文中出现的"乞颜"的复数形式)人的苏力特①来告知的梦。"

德·薛禅诵道:

"我们翁吉剌惕部,

从古至今,

外甥女容貌清秀,

女儿们姿容姣美。

翁吉剌人不尚厮杀争斗。

面容秀美的姑娘,

坐入高轮车里,

驾着黑公驼,

奔颠而去,

坐上你们可汗的

哈屯的位置,

向前驰去。

我们不与别人

争夺百姓,

但让美丽的姑娘

健康地成长,

坐入你们可汗的篷车,

驾着青黑色的公驼,

送她远嫁他乡,

在高篷车里与主并肩,

---

① 苏力特,蒙古语,意为氏族部落的旗徽,象征着氏族部落的守护神。

坐在了尊贵的位置上。

我们翁吉剌惕人，
从古至今，
哈屯就有围屏，
女儿皆有侍者，
外甥女个个姣美，
姑娘们都有漂亮姿容。"

德·薛禅接着说："我们的男儿守护着家乡，我们有容颜美丽的姑娘，姑娘们理应嫁到外乡。也速该亲家啊，到我家去吧，我有个年幼的女儿，请亲家去看看她吧！"说完，他将也速该·把阿秃儿带到了家里。

也速该·把阿秃儿见到了一个姑娘，只见她面上有光，目中有火，容貌清秀，很是让他中意。姑娘长帖木真一岁，年方十岁。那一夜，也速该·把阿秃儿住在了德·薛禅家里。次日，也速该便向德·薛禅提亲。

蒙古秘史故事

MGMSGS

德·薛禅说:"求婚多次才许配,姑娘显得高贵;求婚轻易就应允,姑娘则显身份低下。可就姑娘命运而言,是不能久居娘家的。就把女儿许配给你的儿子吧,可您须将儿子留下做我的女婿。"也速该·把阿秃儿说:"我答应将儿子留下做您的女婿。我的儿子怕狗,亲家小心,别叫狗吓着我的儿子。"说完,也速该·把阿秃儿将带来的一匹从马作为聘礼送上,为儿子确定了婚约。他将儿子帖木真留在了那里,独自返回了家乡。

也速该·把阿秃儿被塔塔儿人毒害致死的故事

（参阅秘史 67—69 节）

也速该·把阿秃儿在归途中，走到扎克彻儿山附近的失剌草原上，正遇到塔塔儿部人举行婚礼宴会，他也口渴难耐，便在宴会处下了马。塔塔儿部人认识他，便对他问候道："也速该·乞颜①来了？"他们还邀请也速该·把阿秃儿入席宴饮。塔塔儿部人想起以前族人被掳获的冤仇，便阴谋毒害他，于是在他要喝的奶酒里下了毒药。也速该·把阿秃儿从他们那里离开后，在回归家乡的途中，觉得身体不适，硬撑着走了三天，回到了家里。

也速该·把阿秃儿说："我身子不舒服，谁在我的身边？"晃豁坛氏的察剌合老人的儿子蒙力克正好就在他身边，也速该·把阿秃儿就把他叫到身边，说："蒙力克，我的孩子！我把儿子帖木真留在了德·薛禅家做了女婿，我在返回来的途中，被塔塔儿人的毒酒毒害了，身体很难受。留下来的孤儿寡妇，劳你好好照顾。你快去把我的儿子帖木真接回来，我

---

① 乞颜：又称乞牙惕，部落名。乞颜部落和后来的孛儿只斤部落应该是同出一源，都是成吉思汗所在的部落名。

的孩子蒙力克!"说完,他就去世了。

　　蒙力克没有违背也速该·把阿秃儿的嘱托,随即就找到德·薛禅,说:"也速该哥哥非常想念他的儿子帖木真,想得心疼,因此让我来接帖木真回去。"德·薛禅说:"亲家既然那么想念儿子,就让他回去吧。快去快来啊!"于是,蒙力克父亲①就将帖木真接了回去。

　　① 蒙力克父亲:帖木真自幼丧父。父亲临终前,出于对蒙力克的父亲察剌合的信任,将诃额仑哈屯和子女托付给蒙力克照管。蒙力克成了帖木真幼年、少年时代的养父,一直与帖木真关系很好,所以被尊称为蒙力克父亲。另据史料记载,也速该去世后,蒙力克和诃额仑也在一起生活过一段时间,后来又分开。这里有个问题需要说明,也速该称蒙力克为"孩子",只是表示一种亲昵,是把他看做是自己的子弟,并不说明也速该和蒙力克之间是两辈人的关系,所以也速该才在临终前明确地托孤于他。

蒙古泰·亦赤兀惕部分裂的故事

（参阅秘史 70—75 节）

那年春天，在祭祀祖先的地方烧饭祭祖时，俺巴孩可汗的两个妻子斡儿伯、莎合台先到了，因诃额仑·兀真尚未到来，于是她俩就没有把诃额仑·兀真应分得的那份胙肉①留给她。诃额仑夫人来到后，对斡儿伯、莎合台两人说："就因为也速该·把阿秃儿死了，我的儿子还没长大，你俩就不分给我们祭祖的胙肉和供酒吗？你们这样眼看着我们分不到吃的，出发时不能招呼我一声吗？"斡儿伯、莎合台听到她的话，说道：

"难道有非招呼你不可的道理吗？

难道有遇到就吃得上的道理吗？

难道有非分给你不可的道理吗？

难道有来了就得吃上的道理吗？"

他俩又说："得想办法，把他们母子撇在营地，我们迁走，不要把他们带走。"

---

① 胙肉：祭祀祖先时，被神祇、祖先祝福过，或是长辈所赐的肉。

第二天,泰亦赤兀惕部①的塔儿忽台·乞邻勒秃黑、脱朵延·吉儿帖等氏族人顺着斡难河而迁徙离去。当泰亦赤兀惕人抛下诃额仑·兀真母子迁走时,晃豁坛氏察刺合老人看到后,想前去劝说,脱朵延·吉儿帖说:

"深深的河水已干涸,

明亮的石头已破碎!"

说罢,又向前赶路,走着走着又对老人说:"你干吗要去劝说!"脱朵延·吉儿帖说着,便在老人的后背上刺了一枪。察刺合老人身受重伤,回到了家里,痛苦地倒下了,这时帖木真来看望他。晃豁坛氏察刺合老人说:"你的贤父收聚的我们的百姓被他们带着迁移时,我追着前去劝说,竟被刺成了这样。"帖木真抑制不住,哭着回去了。诃额仑·兀真亲手举着大纛,骑马追上了迁徙离去的百姓,追回了他们中的一部分。被追回的那部分百姓,由于没能安顿住,他们又追上了泰亦赤兀惕人,随他们迁徙而去了。

于是,泰亦赤兀惕部的兄弟们将寡妇诃额仑·兀真和她的幼子抛弃在了原营地迁走了。

诃额仑·兀真富有才干,

独自将幼小的孩子抚养。

头上紧箍着固姑冠②,

腰带紧束其身,

在斡难河畔,

昼夜辛苦辗转,

① 泰亦赤兀惕部:曾是蒙古部中最强大的部落之一,合不勒可汗统一蒙古后,泰亦赤兀惕和帖槐及诃额仑始终在一起,成为蒙古部的中坚力量。也速该去世后,泰亦赤兀惕部首领塔儿忽台等人与诃额仑母子结怨,后来成为成吉思汗的强敌之一。

② 固姑冠,又可译作"罟罟冠",古代蒙古贵妇,尤其是帝后所戴的帽子,其形长而高,以绫罗制成,上面饰以珠宝。

采摘着杜梨野果，

艰辛度日忍受熬煎。

生来有胆识的兀真母亲，

抚养着有洪福的孩子，

手持桧木橛子，

挖掘着地榆根、狗舌草，

度过了日日夜夜。

哈屯诃额仑母亲，

用山葱、野菜喂养大的孩子，

后来当上了可汗。

有法度的兀真母亲

用榆树皮、榆钱儿喂养大的孩子，

后来成为握有权柄的官员。

美丽的兀真母亲，

用野韭喂养大的孩子，

性格无比豪爽，

当上了国主可汗。

兀真母亲生下的孩子，

被培养出了美好品格，

成了威武不屈的儿男。

他们要奉养母亲，

坐在斡难河的岸边，

整治出鱼钩，

钓着有残疾的鱼儿，

他们把针弯曲做成鱼钩，

钓取着细鳞白鱼、鲦鱼，

他们织成了拦河渔网，

捕捞着大鱼、小鱼，
他们奉养着母亲，
将母亲的养育之恩报还。

兄弟间矛盾争斗的故事

（参阅秘史 76—78 节）

有一天，帖木真、合撒儿、别克帖儿、别勒古台①四人同坐在一起拉鱼钩时，钓到了一条鱼。别克帖儿、别勒古台两人从帖木真、合撒儿手里夺走了小鱼。帖木真、合撒儿回到家里，对兀真母亲说："我俩钓到了一条小鱼，却被别克帖儿、别勒古台兄弟俩夺走了。"兀真母亲说："怎么会这样啊？兄弟之间怎能如此争斗？如今，我们除了影子再没有朋友，除了尾巴再没有鞭子。这样下去，我们怎能报得了与泰亦赤兀惕人结下的怨仇？你们怎像阿阑·豁阿母亲那五个儿子那样不和睦呢？你们可不能那样啊！"

当时，帖木真、合撒儿还不高兴地说："昨天我们射中了一只小雀儿，被他们抢走了，今天又遭他们抢夺。这样下去，咱们怎么和他一起生活？"说完，他们推门走了出去。

别克帖儿坐在一座小山丘上，看着九匹银合马。帖木真从前边，合撒儿从后面摸上去，正要向他搭弓射箭，别克帖儿看见了他俩，说："我们

---

① 别克帖儿、别勒古台，成吉思汗的同父异母兄弟，一说为也速该和速赤格勒所生。

正忍受着泰亦赤兀惕人带给我们的苦难,还没能报仇雪恨的时候,你们怎么能把我看成眼中的灰尘,肉中的刺呢? 不要毁掉我的火盘①,不要抛弃别勒古台!"说完,他盘腿而坐,等待着他俩射杀,帖木真、合撒儿,一个人从前,一个人从后对准别克帖儿射出了箭。

两个孩子一进家门,兀真母亲就从他们的神色中看出,是出了大事,说道:

"冤孽的子弟啊,

从我的热肚子冲出来时,

手中便握着黑血块。

像咬断自己胞衣的

凶恶的狗;

像山崖上的

冲撞的花豹;

像有压抑不住怒气的

桀骜的狮子;

像要吞噬生命的

可怕的蟒古斯②;

像搏击身影的

海青鹰雕;

像无声吞噬生命的

巨大的狗鱼;

像啃咬驼羔小腿的

---

① 火盘,意思是不要断了我的香烟灶火。蒙古人自古有崇尚火的习俗,将家中的火盘、火盆、灶火视为圣洁之物,是传承家族烟火的象征物。

② 蟒古斯,蒙古文学作品,尤其是蒙古英雄史诗等民间文学作品中常见的魔鬼,有的是妖魔的形象,有的是半妖半人的形象。蟒古斯是黑暗的象征,是恶势力的代表,是英雄人物把阿秃儿的对立面。

凶暴公驼；
像在风暴中
窥伺周围的苍狼，
就像赶不走幼雏
便要吃掉它们的鸳鸯；
像在窝穴旁
严防死守的豺狗；
像狼扑捕食的
凶猛老虎。
在我们除了影子再无朋友，
除了尾巴再无鞭子的时候，
你们像穷凶极恶的恶狗。

在泰亦赤兀惕兄弟带给我们的苦难没结束之时,正期盼谁能为我们报仇雪恨之时,你们怎么做出了这样的事情?"

诃额仑·兀真引用着古训、祖上的训言,非常气愤地斥责着孩子。

帖木真从泰亦赤兀惕制造的苦难中得救的故事

（参阅秘史 79—87 节）

过了一些时候，泰亦赤兀惕氏人塔儿忽台·乞邻勒秃黑说："小鸟的羽翼已丰满，羊羔已经长大。"他率领着侍卫兵袭来。诃额仑母亲和她的孩子们都很害怕。于是母子们、兄弟们一起跑进森林藏匿了起来。别勒古台折断了林中树木，搭建起棚寨，合撒儿射箭抗击着来犯敌人。让合赤温、帖木格、帖木伦三人躲藏在山崖的缝隙中。在双方对峙时，泰亦赤兀惕人高声喊道："将你们的帖木真交出来，交出别人都没有用！"听到喊声后，大家就让帖木真骑马逃入林中。泰亦赤兀惕人得知此事后，就向帖木真追赶而去。帖木真逃进了帖儿古涅·温都儿山的密林中。泰亦赤兀惕人进不去，便将密林合围看守起来。

帖木真在林中住了三宿，心里想着如何"出去"，牵着马徘徊时，马鞍忽然脱落了下来。他回头一看，见马板胸仍扣着，马肚带仍捆束着，便想："马肚带捆束着，马鞍脱落倒有可能；可马板胸扣着，马鞍怎么可能脱落下来呢？我走不出密林，莫非是天意使然？"于是他走回了密林，又住了三宿。再次从密林里走出来时，发现一块塌落的如帐篷大

的白色巨石横卧在密林出口的路上。"莫不是上苍要阻止我走出密林!"想到这里,他又返回密林又住了三宿。就这样,他在林中住了九宿,吃喝的东西也没有了。于是他想:"与其这样无声息地死去,不如走出去吧。"可密林出口被塌落的帐篷大的白色巨石堵住了。帖木真只好用削箭的刀,砍伐着树木,牵着马走出密林,但立即被围守在那里的泰亦赤兀惕人抓住了。

塔儿忽台·乞邻勒秃黑把帖木真带到部落里,让他在户家轮宿,每户每天一宿。夏季初月(四月)十六"红圆月日"①这天,泰亦赤兀惕人在斡难河畔举行宴会,直至日落时分才散。在那个宴会日里,泰亦赤兀惕部让一个体弱的少年看管帖木真。赴宴的人散去后,帖木真用木枷击打了这个瘦弱少年的头部,将他打昏后,跑进斡难河周围的树林里。他怕被别人发现,就戴着木枷顺着水流,躺在河床中漂浮着,只把脸露出水面。

"被捉住的人逃走啦!"瘦弱少年看守大声喊了起来。这时,正散去的泰亦赤兀惕人又聚拢而来,在月光照如白昼的夜里,在斡难河岸的林中搜寻着。速勒都思氏人锁儿罕·失剌发现了帖木真仰卧在河道中,但他却对帖木真悄悄说道:"正因为你这样有才智,目中有火,脸上有光,泰亦赤兀惕兄弟们才如此嫉妒你。你就这样躺着吧,我不会告发你。"说完,他走了过去。当泰亦赤兀惕人商量着再次如何搜寻时,锁儿罕·失剌说:"咱们每个人按来时的足迹往回搜寻,在漏掉的地方再找一找吧。"众人们都说:"对!"每个人按来时的足迹往回搜寻时,锁儿罕·失剌又经过帖木真这里时,对他说:"泰亦赤兀惕弟兄们对你恨得咬牙切齿,你要小心,还是这样躺着吧!"说完,他走了过去。

泰亦赤兀惕人再次商量如何搜寻帖木真时,锁儿罕·失剌不满地

28

① 红圆月日,阴历每月十五或十六这天,红日尚未降落时,圆月已从东方升起,日月并辉的日子。也称"红圆光日"。

说："泰亦赤兀惕诺颜们啊，你们大白天把人看丢了，在这漆黑的夜里又到哪里去找？每个人再按足迹搜寻一次，如果还是找不到，明天再搜吧。一个戴着木枷的人，还能跑到哪里去？""对！"人们喊着又返回去搜寻了。锁儿罕·失剌经过帖木真藏匿的地方对他说："再搜一遍，人们就会解散回去了，我们商定明天继续搜寻。等我们散去后，你快去找你的母亲和弟弟们吧。如果遇到人，不要说你见过我！"说完，他走了过去。

等人们解散后，帖木真心想："前几天，轮宿各户时，曾住在锁儿罕·失剌家，他的两个儿子沉白、赤老温心疼我，夜里给我解下木枷，让我睡觉。现在锁儿罕·失剌看见了我，没有去告发就过去了，由此看来，只有他们能救我了。"于是他顺着斡难河去寻找锁儿罕·失剌的家，

锁儿罕·失剌家彻夜达旦酿制马奶酒，他听着搅拌马奶的声音，摸到了他家。锁儿罕·失剌见到他，说："我不是让你去寻找你的母亲和弟弟们去吗？你怎么来这里了？"他的两个儿子沉白、赤老温说："逃离鹯鹰追捕的小雀藏匿于草丛，草丛还要掩护救它①。如今来投奔咱们的人，怎么能撵他走呢？"他俩批评了父亲的话，并解下帖木真的木枷，放到火里烧了，然后让他躲进帐篷后面装羊毛的车里，还告诉他们的妹妹合安达说："这件事不能对任何人讲。"

到了第三天，泰亦赤兀惕人商议道："帖木真定是被人藏匿了起来，咱们互相在各家搜查吧！"搜查人来到锁儿罕·失剌家，在屋里、床上都搜查了以后，又去搜查帐篷后装羊毛的车，当车门口的羊毛被拉下时，险些露出了帖木真的脚。这时候，锁儿罕·失剌说："这么热的天，人在羊毛里藏匿，怎么受得了呢！"于是，搜查人从车上下来，走了。

---

① "草丛救雀"，是古老的蒙古族格言，反映了古代蒙古人的一种道德理念，为现代人所不理解。这句古老的格言常被引用，例如据史书记载，斡歌歹汗征讨蔑儿乞惕部落，钦察国国主亦纳思在救助蔑儿乞惕首领火都后，就对着骂他的斡歌歹汗说过这句格言。

帖木真从泰亦赤兀惕制造的苦难中得救的故事

搜查人走后,锁儿罕·失剌对帖木真说:"你险些让我变成被风吹散的灰!现在,你去寻找你的母亲和弟弟们吧!"说完,他给了帖木真一只吃二母乳的羊羔,一个背壶、一个皮桶、一张弓、两支箭,给了他一匹不生驹的草黄骒马,没有给马鞴鞍,没给他火镰,就叫他走了。

帖木真和孛斡儿出结拜为伴友的故事

（参阅秘史 88—93 节）

木真离开那里后，又回到了所搭建的棚寨住处，却没见到母亲和弟弟们。他循着人畜践踏在草地上的踪迹，逆斡难河而上，来到了由西流来的乞沐儿合小河（斡难河的一条支流）边，又逆乞沐儿合小河，循踪迹寻觅，在别迭儿山嘴处的豁儿出恢孤山上，终于找到了母亲和弟弟们。

全家人在那里团聚后，又迁徙到不峏罕·合勒敦山阳的古连勒古山，在桑沽儿小河（今克鲁伦河上游支流诚格尔河）边的合剌·只鲁格山旁的阔阔海子边扎营住下，靠捕猎青鼠和旱獭为生。

有一天，一群劫匪袭来，看到了门前的八匹银合马，便将它们赶走了。帖木真与弟弟们徒步行走，眼巴巴看着这几匹马被劫掠而去，却无法追赶。别勒古台骑着那匹从锁儿罕·失剌那里得来的秃尾草黄骒马捕猎旱獭去了。当夕阳西下时，别勒古台牵着秃尾草黄马回来了，只见马背上驮满了旱獭，压得马儿几乎驮不动了。得知八匹银合马遭贼人劫掠，别勒古台说："我去追！"合撒儿说："你不行，我去追！"帖木真说："你

们都不行,我去追!"说完,他骑上秃尾草黄骒马去追那八匹银合马。他循着草上被马蹄践踏出的痕迹,追了三天三夜。清晨,他遇到了一群马。马群中,一个英俊少年正在挤马奶。帖木真向少年打听八匹银合骟马的下落,少年说:"今天早晨,在太阳尚未升起时,八匹银合骟马被一伙人赶着从这里经过,我来指给你马蹄的踪迹。"他说完,让帖木真放开秃尾草黄马,给他换骑一匹棕红马。少年骑的是一匹淡黄快马。他连家也不回,只是把装马奶的皮斗子扎住口子,把皮奶桶蒙盖住,放置在野外,然后对帖木真说:"朋友,你一路走来十分辛苦,男人们的辛苦都是一样的,我愿和你结成伴友。我的父亲叫纳忽·伯颜,我是他的独生子,我名叫孛斡儿出①。"说完,他俩一起出发,循着银合骟马的蹄印走了三天三夜,在太阳衔山时分,他们走到了一个部落的大古列延②的附近。他们看到古列延旁有八匹银合骟马正在吃草。帖木真说:"这是我们的银合马,我去将它们赶来!"孛斡儿出说:"我与你已结为伴友③,怎能留在这里?"说完,与帖木真一起骑马上去,将那八匹银合骟马赶了出来。

一群人从他俩后面相继追来,一个骑白马的人握夹着套马杆率先追了上来,孛斡儿出对帖木真说:"伴友,你把弓箭给我,我来射他!"帖木真说:"怕你因我而受到伤害,让我来射吧!"说完,他返身要射箭时,骑白马的人用套马杆指点着坐骑站住了,他后面的人陆续跟了上来。那时太阳已西斜,天色昏暗,他们站住,决定不再追了。

帖木真、孛斡儿出赶着马,走了三天三夜。帖木真对孛斡儿出说:"伴友,若没有你的相助,我不能找回这些马,咱俩把马分了吧。你要几

---

① 孛斡儿出,尼伦蒙古阿鲁剌惕氏人,从十三岁起与帖木真结为伴友(那可儿),与木合黎、孛罗忽勒、赤老温合称为四杰。他与木合黎被称为成吉思汗的左右手,从征蒙古地区诸部,功勋卓著。1206年蒙古建国后,受封右翼万户长,其子孙世袭怯薛长。是秘史中极重要的人物之一。

② 古列延,古代蒙古部落平时游牧或战时布阵按圆圈形驻扎的营地、军营。

③ 伴友,也可译为"那可儿"。在当时蒙古社会中,部落、氏族首领、贵族身边都有"那可儿",实际是首领、贵族在不凡的经历中结交的亲信。

匹?"孛斡儿出说:"只因伴友一路走来辛苦,我才愿帮你,愿与你结伴同行,并非想得到什么利益。我的父亲是纳忽·伯颜,我是纳忽·伯颜的独子,父亲积累的财富,已足够我享用,我不要你的马。"

他俩赶着马来到了纳忽·伯颜的家。纳忽·伯颜曾为自己的儿子走失痛哭流涕,当突然看到儿子回来了,就边哭泣边责怪儿子。孛斡儿出说:"阿爸怎么啦?我见好友寻找马群走得累了,便和他一起去寻找,现在回来了。"说完,他骑马出去,将放置在野外的扎好口子的皮斗子、蒙盖好的皮酒桶拿了回来。他杀了一只肥羔羊,给帖木真做糒粮,又给了他一皮斗子马奶酒,然后准备送他上路。纳忽·伯颜嘱咐说:"你们俩今后要相互关照,不能彼此背弃!"

帖木真从那里走了三天三夜,回到了桑沽儿小河边的家里。焦急等待的诃额仑母亲、合撒儿等弟弟们见到帖木真回来了,总算才放了心。

帖木真拜见王汗的故事

（参阅秘史 94—97 节）

帖木真九岁时与德·薛禅的女儿孛儿帖初见，离别后再未得相见。此刻，帖木真和别勒古台顺着客鲁涟河（即今克鲁伦河）去找孛儿帖夫人。这时，德·薛禅的翁吉剌惕部驻牧于扯克彻儿、赤忽儿忽两山之间。德·薛禅见到帖木真后，非常高兴地说："听说泰亦赤兀惕兄弟们非常嫉恨你，我曾为此担忧绝望，见到你可真不容易！"于是，他为孛儿帖夫人和帖木真张罗婚礼。婚礼结束后，德·薛禅和夫人搠坛送女儿到客鲁涟河畔的一个叫兀剌黑啜勒的地方后，德·薛禅返回家去，夫人搠坛一直送女儿到古连勒古山中的桑沽儿小河边的帖木真家里。

当岳母搠坛回去后，帖木真派别勒古台去请孛斡儿出来与自己做伴友。别勒古台找到孛斡儿出，诉说了事情的原委后，孛斡儿出和父亲都没打招呼，就捎上一件青色毛衫，骑上一匹弓背草黄马，和别勒古台一起启程了。

帖木真全家人从桑沽儿小河边迁至客鲁涟河源头不儿吉·额儿吉河湾扎寨居住了下来。这时，帖木真、合撒儿、别勒古台拿着搠坛母亲陪

送的一件黑貂皮袄,去见克列亦惕部①的王汗(脱斡邻勒)②。王汗曾和
父亲也速该结拜成安达③。既然是父亲的安达,帖木真就将他视如父亲
了。此时,王汗居住在土兀剌河(即今蒙古国的土拉河)的合剌屯(黑
林)。帖木真去到那里,见到王汗后,说:"您曾与先父结拜为安达,我将
您视如父亲,因此将我妻子送公婆的礼物敬送给您。"说完,将黑貂皮袄
呈献给王汗。王汗高兴地说:

　　"为答谢你的厚重礼物,

　　　我要为你将失散的百姓收聚,

---

　　①　克列亦惕部,蒙古语族游牧部落,分布于今鄂尔浑和土拉河流域,东邻蒙古各部
落,西与乃蛮部落毗连,北接蔑儿乞惕部。其首领为王汗(即脱斡邻勒)。1203 年,该部落被
成吉思汗征服。

　　②　王汗,本名脱斡邻勒,大约在十二世纪五十年代继汗位,做了克列亦惕部之主。因
残杀诸叔,被其叔父古尔汗驱逐。后得也速该相助复辟,于是与也速该结为义兄弟,帖木真
认其为义父。因助金攻塔塔儿有功,受封为王,遂被称为王汗。

　　③　安答,蒙古语译音,在蒙古历史上,互换赠物,立誓结交的义兄弟互称安答。

为答谢你的黑貂皮袄，

我要为你将你的属民统一。"

从王汗那里回到不儿吉·额儿吉的家里时，兀良合惕氏一个叫札儿赤兀歹的老人背着一具鼓风囊，领着他的儿子者勒蔑①从不峏罕·合勒敦山来到他家，说："你出生在斡难河畔迭里温·孛勒达里山时，我曾为你送上一个貂皮襁褓，也曾想把这个儿子送给你，但因当时儿子太小，就把他带了回去。现在，就让他为你鞴马鞍，撩门帘吧。"

---

① 者勒篾，自幼由其父给帖木真做仆役，为帖木真最早的亲兵。帖木真称汗后，与孛斡儿出同被委任为侍卫长，随帖木真征战，以勇猛著称。与忽必来、速别额台、者别合称为帖木真的"四狗"。1206 年，蒙古建国后被封为左翼千户长。

三姓篾儿乞惕人进
犯帖木真的故事

（参阅秘史 98 节—103 节）

帖木真在客鲁涟河源头的不儿吉·额儿吉住了不长时间，一天清晨微露曙色时分，诃额仑母亲房里的仆人豁阿黑臣起来，说："阿母，阿母，快起来！您听，大地在震颤，莫不是扰害咱们的泰亦赤兀惕人又来袭了！阿母，快起来！"

诃额仑母亲说："赶快把孩子们唤醒！"说完，她即刻起来了。帖木真等人也快速地起来后，抓来了自己的马。帖木真骑上了一匹马，诃额仑母亲骑上了一匹马。合撒儿骑上了一匹马，合赤温骑上了一匹马。帖木格·斡惕赤斤骑上了一匹马，别勒古台骑上了一匹马。孛斡儿出骑上了一匹马，者勒蔑骑上了一匹马。帖木伦由诃额仑母亲抱在怀中，还备了一匹驮载东西的马。这样，孛儿帖夫人没有马骑了。

帖木真兄弟们骑马向着不峏罕·合勒敦山奔去。老妇人豁阿黑臣要把孛儿帖夫人藏匿起来，就让她坐进一辆篷车里，一头花腰犍牛驾着篷车，逆着统格黎克小河行走。天色昏昏尚未大亮时，一群士兵颠着马迎面而来，向老妇人问道："你是什么人？"豁阿黑臣老妇人回答说："我

们是帖木真家的仆人,到他家剪羊毛,现在正回自己家。"那些士兵问:"他们家离这儿多远? 帖木真在家吗?"豁阿黑臣说:"他家离这儿挺近,我不知道帖木真在不在家。我是从他家后屋出来的。"

那些士兵打马奔颠而去,老妇人豁阿黑臣赶着花腰犍牛正行走着,忽然车轴断了。她俩商量着要躲进树林里藏匿,可就在这时,那些士兵捉住了别勒古台的母亲①,将她和士兵叠骑着马跑了过来,问道:"这篷车里装的是什么?"老妇人豁阿黑臣答道:"是羊毛。"士兵中的一个长者说:"子弟们,下马查看究竟!"于是,这些子弟下马把篷车的门打开了,只见车里坐着一个贵妇人,就将她从车上拖下来,让她和豁阿黑臣叠骑在一匹马上,然后循着人畜在草上踏出的踪迹,向着不峏罕·合勒敦山去追赶帖木真。

他们追寻着帖木真,绕着不峏罕·合勒敦山搜了三圈,但未能找到帖木真。从这儿,从哪儿,这伙人想走进山里,但遇到的都是泥沼或是连吃饱的蛇都钻不进去的险恶的树林。尽管他们在后面不断追寻,但最终也没能找到帖木真。这伙人是三姓篾儿乞惕人:兀都亦惕·篾儿乞惕的脱黑脱阿、兀洼思·篾儿乞惕的答亦儿·兀孙、合阿惕·篾儿乞惕的合阿台·答儿麻剌。这三姓篾儿乞惕人,是为了也速该从赤列都那里抢夺了诃额仑母亲,来报仇的。这些篾儿乞惕人商议道:"我们也抢夺了也速该部的女人们,如今此仇我们已报!"于是,他们返回了各自部落。

帖木真想知道,那三姓篾儿乞惕人确实是返回了,还是继续埋伏着,便派别勒古台、孛斡儿出、者勒篾三人跟踪在篾儿乞惕人后面,侦察了三天三夜,当确知篾儿乞惕人走远了之后,他才从不峏罕·合勒敦山上下来,捶胸说道:

"像黄鼠狼一样耳聪,

---

① 别勒古台的母亲,这里没有说出她的姓名,其他史书对此人姓名的记载各异:速赤格勒(有的史书写为"速赤吉勒")母亲、塔合失哈屯、满合剌哈屯等。

多亏豁阿黑臣救命之恩，

像银鼠一样眼明，

多亏豁阿黑臣相助逃生。

骑着缰绳绊腿的马，

踏着野鹿的小径，

多亏了那能掩体的灌木丛。

用柳条搭建起棚屋，

在不峏罕·合勒敦山上藏身，

掩护着我

微如虮虱的性命。

骑着仅有的一匹马，

保护着我仅有的性命。

踏着罕达犴行走的小径，

用劈开的树搭建窝棚，

在不峏罕·合勒敦山上藏身，

掩护着我

小如燕子的性命。

我非常惧怕，

我无比惶恐，

向着不峏罕·合勒敦山，

每天早晨要叩拜，祭祀，

日日要祈祷祝颂，

我的子子孙孙，

要将此铭记心中！"

诵罢，他将腰带挂在脖颈，把帽冠托在掌心，向太阳叩拜九次，行裸祭礼，祝祷。

 # 寻三姓篾儿乞惕人报仇的故事

（参阅秘史 104—114 节）

帖木真、合撒儿、别勒古台三人从不峏罕·合勒敦山上下来后，经商议决定，到土兀剌河的黑林中去找克列亦惕部的脱斡邻勒王汗，去向他求助。到了王罕那里，帖木真说："没想到，三姓篾儿乞惕人来袭，掳走了我们的妻儿。我们此次来，就是求父汗搭救我们的妻儿！"脱斡邻勒王汗听后，说："去年我不是对你说了吗？你父亲在世时曾与我结为安达，因此你视我为父，将黑貂皮袄送给了我，我曾说：

为答谢你的厚重礼物，

我要为你将失散的百姓收聚，

为答谢你的黑貂皮袄，

我要为你将你的属民统一。

现在我要履行自己的诺言。

为答谢你送给我的貂皮袄，

我要把篾儿乞惕人全部消灭，

救出你的孛儿帖夫人。

为答谢你送给我的黑貂皮袄，

我要打败所有的篾儿乞惕人，
救回你的孛儿帖夫人。
你派使者去找札木合弟弟，他现在住在豁儿豁纳黑草原。我从这里出兵两万作为右翼，请札木合弟弟出兵两万作为左翼，我们会师的时日、地点由札木合决定!"

帖木真、合撒儿、别勒古台告别了脱斡邻勒王汗，回到了家里。帖木真派合撒儿、别勒古台两人到札木合那里，说：

"三姓篾儿乞惕人来袭，
将我家园劫洗。
你既与我结拜为安达，
能否为我们将此愤恨除去?
我的妻子已被掳去，
你我既已亲如兄弟，
能否帮我们将此仇恨雪洗?"

这是转达的帖木真对札木合的话。他俩又将脱斡邻勒王汗的话转述给札木合，说："脱斡邻勒王汗念及昔日蒙汗父也速该的恩惠，愿向我施以援手，他愿出兵两万作为右翼，让我们再转告札木合弟弟，请他出兵两万，会师的时日、地点，由札木合弟弟决定。"札木合听了这些话说道：

"得知安达帖木真全家遭劫，
我心好是疼痛。
听说他家被洗劫一空，
我的心肝疼痛。
消灭兀都亦惕人、兀洼思·篾儿乞惕人，
救出我们的孛儿帖夫人，
一定要报此仇恨!
击破合阿惕·篾儿乞惕人，
救出咱们的孛儿帖夫人，

一定要雪此仇恨！

现在听到拍鞍鞴声响，

就以为听到战鼓声的

惊慌失措的脱黑脱阿人，

正在不兀剌草原①。

看到有盖箭筒晃动，

就害怕逃跑的答亦儿·乌孙人，

正在斡儿洹、薛凉格②两河间的

塔勒浑·阿剌勒。

看见被风吹起的沙蓬，

就钻进黑森林的

合阿台·答儿麻剌，

正在合剌只草原。

现在我们可以直奔那里，

渡过勤勒豁河，

那里长满了猪鬃草，

可用来编织成筏子。

对乱了方寸的脱黑脱阿人，

从他们的天窗突袭而入，

撞碎他们庐帐的架子，

掳掠他们的妇女、姑娘，

将他们的妻儿掳掠殆尽。

撞断他们神祇保佑的门框

攻入庐帐里面，

42

---

① 不兀剌草原，即不兀剌河畔草原，不兀剌河为色楞格河支流。

② 斡儿洹、薛凉格，即今蒙古国鄂尔浑、色楞格河的古籍上的写法。

将他们的所有属民，

一扫而光！"

札木合接着说道："对帖木真安答、脱斡邻勒汗说：

我们已祭了远程能见到的大纛，

咚咚敲响了

用黑牤牛皮蒙制的大鼓，

穿上了铠甲，披上了战袍，

紧握着钢铁的长矛，

搭上了用山桃皮裹制的利箭，

骑上了飞快的黑马，

与合阿惕·篾儿乞惕人

厮杀拼斗。

祭典了高耸的大纛，

隆隆地擂响了

用犍牛皮蒙制的大鼓，

穿上了皮制的铠甲，

手握长柄钢刀，

骑上飞快的灰黑马，

与兀都亦惕·篾儿乞惕仇敌，

决一死战！

脱斡邻勒汗兄出发时，从不峏罕·合勒敦山阳途经帖木真安达那里，在斡难河源头孛脱罕·孛斡只与帖木真会和。我带一万兵马从这里出发，从安答帖木真那里借兵一万，带二万兵逆斡难河而上，咱们就在孛脱罕·孛斡只会师吧！"

合撒儿、别勒古台两人回来后，将札木合的话告诉了帖木真，并转告脱斡邻勒汗，脱斡邻勒汗的旨意，率兵二万，直奔不峏罕·合勒敦山阳客鲁涟河畔的不儿吉·额儿吉。当时，帖木真正在不儿吉·额儿吉，在出发的路上,他避开大军的路,逆着不峏罕·合勒敦山阳的统格黎克小河而上,迁移到塔纳小河边安营扎寨。脱斡邻勒汗带领着一万士兵,他的胞弟札合·敢不带领着一万士兵,这两万兵马驻扎在乞沐儿合小河的阿寅勒·合剌合纳时,帖木真与他们会和了。

帖木真、脱斡邻勒汗、札合·敢不三人会合后,从那里出发,到达了斡难河的源头的孛脱罕·孛斡儿只时,札木合已在三天前到达了那里了。札木合见到帖木真、脱斡邻勒汗、札合·敢不率军到达,就把自己的两万军队编排列阵,帖木真、脱斡邻勒汗、札合·敢不也整顿了自己的军队。双方会和相认后,札木合说:

"即便遭遇暴雨,

也不能失约,

即便遭遇风雨,

也必须守约。

这岂不是咱的约定?

咱们蒙古人一旦允诺,即不能反悔。一旦违约,就应将其开除。不是这样吗?"

脱斡邻勒汗回答道:"我们误了约期三天,才到达约会的地点,应受怎样的惩处,全听札木合弟的决定。"

他们从孛脱罕·孛斡儿只出发,到达了勤勒豁河①边,在那里编制了树筏子,

渡过了河,袭击了不兀剌草原上的脱黑脱阿·别乞的家园。真是:

撞碎了他们高贵的庐帐支架,

将他们的妻儿劫掠殆尽。

冲折了他们福神保佑的大门,

将他们的属民掳掠一空。

---

① 勤勒豁河,今蒙古国的亚希洛克河。

本可乘脱黑脱阿·别乞尚在睡梦中之际,突袭而至,将他擒获,但被安置在勒勒豁河一带的捕鱼者、捕貂者、捕兽者在夜里跑来报告说:"敌人来了!"听到这一消息,脱黑脱阿就和兀洼思·篾儿乞惕的答亦儿·兀孙带领着少数人,顺薛凉格河而下,逃到巴儿忽真地区去了。

篾儿乞惕部百姓沿着薛凉格河仓皇逃遁,帖木真的队伍在落荒而逃的篾儿乞惕人后面紧追不舍。帖木真冲着四散逃亡的人群喊道:"孛儿帖!孛儿帖!"在惊慌逃亡的人群中的孛儿帖夫人听到了帖木真的喊声,从车上跳了下来,追了过去。孛儿帖夫人和豁阿黑臣抓住了帖木真骑乘的缰绳、嚼辔。那是个月光明亮的夜晚,帖木真认出了孛儿帖夫人,便跳下了马,两人拥抱在了一起。于是,帖木真派人当夜去告诉脱斡邻勒汗、札木合安答两人:"要找的人已然找到,不必夜间兼程前行,就在这里驻营吧!"惊慌逃跑的篾儿乞惕人夜间不知该往哪儿逃,于是就地住宿下来。落入篾儿乞惕人手中的孛儿帖夫人就这样被救了出来。

以前,兀都亦惕·篾儿乞惕部的脱黑脱阿·别乞、兀洼思·篾儿乞惕部的答亦儿·兀孙、合阿惕·篾儿乞惕部的合阿台·答儿麻剌这三个篾儿乞惕人率领三百人,来报复也速该曾抢夺脱黑脱阿·别乞的胞弟也客·亦列都的妻子诃额仑之仇。那时,帖木真等人逃进了不峏罕·合勒敦山里,篾儿乞惕人围着这座山搜寻了三遭,没能抓到他们,却捉住了孛儿帖夫人,将她交给赤列都的胞弟赤勒格儿·孛阔,并做了赤勒格儿·孛阔的妻子。自此,孛儿帖夫人就和赤勒格儿·孛阔生活在了一起,如今,赤勒格儿·孛阔要出奔逃亡,他说道:

"乌鸦依照命运,
只配吃腐尸的残皮,
却异想鸿雁这等美食。
我赤勒格儿容貌丑陋,
竟要抢夺人家贵妇人为妻。
这给全篾儿乞惕人招致灾难,

寻三姓篾儿乞惕人报仇的故事

我身为卑贱下民，
灾祸降在我黑头上必定无疑。
没有藏身之地，
只能钻进黑暗的山缝，
可性命仍危在旦夕。
本是一只无能笨鸟，
只配捕捉野鼠为食，
却异想得到天鹅这等美食。
衣衫褴褛的赤勒格儿，
却将洪福齐天的夫人，
抢夺收娶为妻。
这给全篾儿乞惕人招致灾难，

丢掉自己干枯的脑袋也必将无疑。

这贱如羊粪土的性命，

已经没有地方藏匿，

只能钻进黑暗的山缝，

只能躲入山岩的缝隙。

我的性命贱如羊粪土，

现在该往哪里躲避！"说完，他仓皇逃离。

别勒古台得知了母亲所在的地方，就去搭救母亲。他到了那个帐篷旁边，从帐篷的右门走进去时，见到母亲穿着褴褛的羊皮袍，从左门走了出去，对门外的人说："听说我的儿子们都做了汗王，而我却在他乡许配给了坏人，如今我还有什么脸面见我的儿子们呢？"说完，她钻进了森林里。孩子们找了好几遍，但没能找到她。

别勒古台遇到篾儿乞惕人就说："还我的母亲来！"并将箭射向他们。那些曾围着不峏罕·合勒敦山搜寻帖木真等人的三百个篾儿乞惕人，他们六亲九族中的男子被斩杀净尽，像灰烬一样被扬撒。剩下的妇女，孩童，被收入府中做了仆役，有姿色的女人则落入了他们的怀中。

帖木真向脱斡邻勒汗、札木合安达两人感谢道："得汗父和札木合安达的鼎力相助，有天地赐予的神力。

蒙威势的苍天眷顾，

有母亲大地的捧举，

向篾儿乞惕人报了男子汉之仇，

从他们的怀中夺回了爱妻。

我们已掏出了他们的心肝，

我们已将他们的家园血洗，

我们已灭绝了他们的亲族，

我们已将他们的财产收聚！"

帖木真既已将篾儿乞惕部落摧毁了，于是就决定撤兵回返。

　　兀都亦惕·篾儿乞惕人四散逃亡时,在营地遗弃了一个男童,这个男孩五岁了,名叫古出,只见孩子头戴貂皮帽,脚蹬鹿皮靴,身着水獭皮袍,目中有火,脸上有光。帖木真的军队拾得了这个孩子,将他作为礼物献给了诃额仑母亲①。

---

　　① 将孩子献给诃额仑母亲,这种礼仪在元代译为"撒花"、"撒和"。撒花,原指旅行时带来的礼品,后来也指在战争中所缴获的战利品。这个孩子就是诃额仑的养子"古出"。

帖木真和札木合
结拜为安答的故事

(参阅秘史 115—117 节)

帖木真、脱斡邻勒汗、札木合协力摧毁了篾儿乞惕人聚会的大帐，掳掠占有了他们的美女，从斡儿洹、薛凉格两河间的塔勒浑·阿剌勒地区撤退。帖木真、札木合两人退到了豁儿豁纳黑草原。脱斡邻勒汗撤退时，沿着不峏罕·合勒敦山阴，经过诃阔儿秃草原，再经合察兀剌秃峡谷、忽里牙秃峡谷，并在那里围猎了野兽后，退到了土兀剌河的黑林中。

帖木真、札木合两人在豁儿豁纳黑草原安营住下后，回想起以前他俩结拜为安答的往事，又重温起安答之谊。当初，他俩结拜安答时，帖木真十一岁。那时，札木合送给了帖木真一个公狍子踝骨（髀石），帖木真回赠札木合一个灌铜髀石。他俩一起玩起了投髀石①，并以兄弟相称。

---

① 投髀石，游牧地区儿童，甚至成年人中盛行的一种游戏。契丹、蒙古、满族均有这种游戏。是用羊踝骨或铜、石头制成髀石，作为击打动物的"槌子"，以獐、狍、麇、鹿等前腿制成"兔"，以三只或五只"兔"堆在地上，用髀石制成的"槌子"投打"兔"堆，击中就赢得一堆，如果击不中，投打人就得给堆"兔"人一只"兔"。

一次,他俩又在斡难河的冰面上投髀石玩,互相结拜为安答。到了第二年春天,他俩用角弓射箭玩时,札木合把他用二岁牛的两只犄角粘成的一支响箭(响璞)给了帖木真,帖木真把一支柏木柄的响箭送给了札木合,他俩相互结拜为安答。这样,他俩结拜了两次安答。

祖上老者曾说过:

"结为安答便是一命两人,

决不可相互抛弃,

同生共死相依为命,

相互救助要依天理。"

他俩表示,现在应重申安答之谊,誓死相互友爱。

帖木真把从篾儿乞惕人脱黑脱阿那里缴获的金腰带系在了札木合安答的腰上,把从脱黑脱阿那里缴获的多年不生驹的海骝马,送给了札木合做了骑乘。札木合把从兀洼思·篾儿乞惕人答亦儿·兀孙那里缴获的有犄角的带灰黄色的白马①送给帖木真做了骑乘。于是,

在豁儿豁纳黑草原,

在忽勒答合儿山崖前,

在枝叶茂盛的大树下,

他俩再次结拜为安答,

亲密友爱无间,

举行了欢乐的盛宴,

夜间同衾而眠。

---

① 对于有犄角的带灰黄色的白马,学界有不同理解,有的认为是马的名字,有的认为是关于马的体态描写,说这匹马长得像"公黄羊"。

帖木真被拥立为汗的故事

（参阅秘史 118—126 节）

帖木真、札木合两人在一起住了一年半后，一天，他们决定将营盘迁徙，便在孟夏四月十六红圆月日那天启程了。帖木真、札木合两人一起在车前走的时候，札木合说：

"帖木真安答啊！

可靠近山前扎营，

好让牧马人在帐篷里栖息，

可靠近水边安寨，

好让牧羊人、牧羔人用饭饮水。"

帖木真没听懂札木合这话的意思，便默默停了下来，等候着后面的车来到后，走到其中一辆篷车前，对诃额仑母亲说：

"札木合如此说，

'可靠近山前扎营，

好让牧马人在帐篷里栖息，

可靠近水边安寨，

好让牧羊人、牧羔人用饭饮水.'①

我听不懂这话的意思,没有作答,特来向母亲求教。"

没等诃额仑母亲开口,孛儿帖夫人说道:"听说札木合有喜新厌旧的脾性,现在到了他想离开我们的时候了。刚才札木合安答所说的,正是厌烦咱们的话。咱们不能安营住下,应连夜赶路,和他好离好散吧!"

帖木真赞同孛儿帖夫人的话,决定不安营住下,而是连夜兼程赶路。在途中,他们经过泰亦赤兀惕人的营地,泰亦赤兀惕人惊慌失措,连夜朝相反方向,与帖木真的队伍交错而行,向着札木合那里迁徙而去。在泰亦赤兀惕部的别速惕氏人的营地上,有一个叫阔阔出的小男孩被遗弃在那里。帖木真把这个男孩带来,送给了诃额仑母亲,诃额仑母亲收养了他。

那夜,帖木真的队伍兼程行走,天亮时分,只见札剌亦儿氏人合赤温、合剌孩·脱忽剌温、合阑勒歹·脱忽剌温兄弟三人夜里兼程而来。塔儿忽惕氏人合答安·答勒都儿罕等五兄弟也来了。蒙格秃·乞颜的儿子汪古儿等率其所属敞失兀惕氏人、巴牙兀惕氏人也来了。从巴鲁剌思氏来了忽必来、忽都斯兄弟们。从忙忽惕氏来了者台、多豁勒忽·扯儿必兄弟。孛斡儿出的胞弟斡歌连·扯儿必离开了阿鲁剌惕氏,独自来和胞兄孛斡儿出相会。者勒篾的弟弟察兀儿罕、速别额台·把阿秃儿,离开了兀良罕氏,来与者勒篾相会。别速惕氏的迭该、古出古儿兄弟俩也到来了。赤勒古台、塔乞、泰亦赤兀歹等弟兄也从速勒都思氏来了。

───────────────

①　这首诗比较难懂,而孛儿帖提出的札木合"喜新厌旧"说又极易误导读者。这首诗意思大概是:"牧马人"象征高贵者,"牧羊人"象征卑贱者,这说的是帖木真和札木合已产生了地位上的差异。表现出札木合不想屈服于帖木真,想与他分道扬镳的想法。问题的实质是权力之争。札木合是权势欲很强的人,他不想将他收拢的也速该的旧部众归还帖木真。帖木真意识到这一点,只好靠自己的力量去争取也速该的旧部众。这首诗在委婉地告诉帖木真,双方各奔前程吧。

札剌亦儿氏人薛扯·朵抹黑，带着他的两个儿子阿儿孩·合撒儿、巴剌也来了。从晃豁坛氏来了雪亦客秃·扯儿必。速客虔氏的者该·晃答豁儿的儿子速客该·者温也来了。捏兀歹·察合安·兀洼①也来了。斡勒忽讷兀惕氏的轻吉牙歹也来了。薛赤兀儿从豁罗剌思氏来了，抹赤·别都温从朵儿边氏来了。亦乞列思氏人不图，正要来这里做女婿，所以他也来了。种索从那牙勤氏来了。只儿豁安从斡罗纳儿氏来了。速忽·薛禅、合剌察儿和他的儿子，也从巴鲁剌思氏来了。另外，巴阿邻氏的豁儿赤、兀孙老者②、阔阔搠思带着篾年·巴阿邻氏的整个圈子（古列延）也来了。

豁儿赤来到后，说："我们是圣贤孛端察儿掳获的妇女所生的后代，因此我们与札木合属同生于一腹而异胞的后代，按理不应与札木合分道扬镳，但上苍的神告降临，使我目睹了这一情景：一头黄白花乳牛绕着札木合奔跑，撞击了他的庐帐、车子，冲撞了札木合，撞折了它自己的一只犄角，成了歪角。黄白花乳牛蹄下扬起了一片尘土，连声吼道：'还我犄角！'又有一头黄白花公牛拉着驮大帐的驮车，沿大车道上在帖木真后面边追赶边吼道：'此天地旨意，立帖木真为国主，我已把国帐载来！'这分明是上天神灵的喻示，才让我目睹。帖木真，你应做国主，我向你预报了吉兆，你让我怎么享受回赏我的幸福？"帖木真说："若果真做了国主，我

① 捏兀歹·察合安·兀洼：捏古思，是额尔古纳河畔山林蒙古人的古老氏族名，捏古歹，是捏古思的复数形式。察合安·兀洼是人名，这个氏族的首领。在十三翼战役中战功赫赫，后被札木合擒杀。蒙古建国后，被追封为功臣，他的儿子纳邻·脱斡邻勒被封为千户长。察合安·兀洼，在秘史129节，写作察合安·兀阿，202节写作察合安·豁阿，218节又写作察罕·豁阿。这个名字的写法在秘史中前后极不统一（关于这种现象，笔者已经在"译者的话"中讲到），初学者容易混乱，我们的译本保留了这一典型例子，即保留这一差别，以便使初学者今后进一步了解秘史旁译中存在的类似问题，在读秘史时能加以判断，而其他的不一致写法则尽量改为前后统一。

② 兀孙老者，尼伦蒙古巴阿邻氏人，萨满巫师。多年对帖木真忠诚，蒙古建国后受封为千户长。后来，成吉思汗因为蒙力克之子帖卜·腾格里·阔阔出（天使神巫）跋扈难驯，危及其帝位，于是杀掉阔阔出，立兀孙为萨满首领别乞，主持蒙古帝国的宗教事宜。

封你为万户长。"豁儿赤说："预先向你告知有关国政的如此大事,才封我为万户长,享什么福啊? 做了万户长后,要任我从全国的美女中选三十个做我的妻子。另外,我说什么你都要听从。"

这时,忽难①等格你格思氏一古列延也来了。答里台·斡惕赤斤的一古列延也来了。从札答阑氏来了木勒哈勒忽。撒合亦惕氏的温真一古列延也来了。他们都是离开了札木合迁徙而来,在乞沐儿合小河畔的阿亦勒·合剌合纳扎营住了下来。那时,主儿勤氏人莎儿合秃·主儿乞的儿子薛扯·别乞、泰出两人的一古列延,捏坤太师的儿子忽察儿·别乞的一古列延,忽图剌汗的儿子阿勒坛·斡惕赤斤的一古列延,也离开了札木合,来到这里。当帖木真来到乞沐儿合小河畔的阿亦勒·合剌合纳儿时,和他们一起定居在了那里。接着,他们又迁徙到古列勒古山中,桑沽儿小河边,合剌·主鲁格山旁的阔阔海子边扎营居住下来。

阿勒坛、忽察儿、薛扯·别乞等人经共同商议,向帖木真表白道:

"我们拥立你为汗,

帖木真就是我们的汗主。

血战中我们愿冲锋在前,

愿将貌美的姑娘,

愿将漂亮的庐帐,

向你奉献。

我们愿掳获异邦的

美丽的合屯,

腰身好的马,

向您奉献。

---

① 忽难,尼伦蒙古格你格思氏人。在帖木真第一次称帝前,便带着格你格思人投奔了帖木真。屡建战功,蒙古建国后被封术赤的王傅兼万户长。

围猎凶悍的野兽，

我们愿作先驱。

围猎旷野的野兽，

将野兽围挤得肚皮挨肚皮。

围猎沟壑里的野兽，

将野兽围堵得大腿挤在一起。

与敌人作战时，

如若违背汗主的命令，

可没收我们的庐帐，

可离散我们的妻妾，

将我们的头颅，

抛弃在地上。

在太平的日子里，

如果违背汗主旨意，

可没收我们的仆役，

离散我们的妻子儿女，

可将我们碎尸后，

抛弃在荒芜之地。"

他们说了这样的话语，立下了如此盟誓，从此称帖木真为成吉思汗，拥立他为汗主。

成吉思做了可汗后，命令字斡儿出的胞弟斡歌来·扯儿必佩带上箭筒，命令札剌亦儿部人合赤温·脱忽剌温和忙忽惕部人者台、多豁勒忽·扯儿必兄弟俩也佩带上了箭筒。

汪古儿、雪亦客秃·扯儿必、合答安·答勒都儿罕三人说：

"我们不会让

早晨的饮食缺短;
永远不会让
晚间的饮食迟延。"
于是,他们当上了司膳。
迭该说道:
"用二岁羯羊
做成了肉汤。
早晨的饮食,
不会缺少营养;
晚间的饮食,
不会缺少肥羊。

让花色的羊群,
在车下卧满;
让黄色的羊群,
在营盘、河畔布满。
我嘴馋人不好。
让我把肥肠饱餐。"
于是,迭该牧放了羊群。
他的胞弟古出古儿说道:
"不让有锁的车
在路上倾倒,
不让颠簸的车
在路上坏掉。"
他接着说道:"我去整治庐帐、车辆吧!"于是成吉思汗让他做了掌车
人。多歹·扯儿必受命去掌管家里的奴婢、仆役。成吉思汗命忽必来、
赤勒古台、合儿孩·脱忽剌温三人和合撒儿一同佩带上了腰刀,说:"你

们要砍断斗狠者的颈,刺穿逞勇者的胸!"成吉思汗命别勒古台、合剌勒歹·脱忽剌温二人说:"你们去管好骗马,做战马的掌管人。"成吉思汗又对泰亦赤兀惕氏的忽图、抹里赤、木勒合勒忽三人说:"你们去牧放马群。"还对阿儿孩·合撒儿、塔孩、速客该、察兀儿罕四人说:"你们充当我我射出的远程箭、近程箭吧!"

速别额台·把阿秃儿说:

"我愿做一只老鼠,

为你将家中的财产聚敛,

我愿做一只乌鸦,

将外面的东西拾捡,

我愿做一领襜毡,

为大家遮蔽雨雪,

我愿做一张毛毡。

为家室挡风避寒。"

成吉思做了可汗对字斡儿出、者勒篾说道:

"你们两人,

在我除了影子再无伴友时,

来做我的身影,

使我内心得以安宁。

我把你们牢记心中。

你们两人,

在我除了尾巴再无鞭子时,

来做我的鞭子,

使我的内心得以安宁。

我把你们铭刻心中。"

他又说道:

"你们两人最先来到这里,

怎能不做这些人们的头领！"

成吉思汗对众人说道："承上苍恩典、大地保佑，你们离开了札木合安答，来与我结为安答，都成了我所尊重的伴友，所以委任适于你们每个人的职司。"

成吉思被拥立为了可汗，于是就派遣答孩、速客孩二人作为使者，去将此消息告知克列亦惕部的脱斡勒邻汗。脱斡勒邻汗说："拥立我儿帖木真为可汗，非常正确。蒙古人怎么能没有可汗呢？希望你们永远信守立汗时的盟誓，不违背盟约，不要撕破自己的衣领，依盟誓、盟约行事。"

札木合、帖木真札剌
麻山之战的故事①

（参阅秘史 127—129 节）

成 吉思汗又派遣阿儿孩·合撒儿、察兀儿罕两人为使者，将自己被拥立为汗的消息告知札木合。札木合说："请你俩去对阿勒坛、忽察儿两人说，你们两人为什么要在帖木真安答和我之间戳腰刺肋，挑拨离间呢？当帖木真和我在一起时，你们为什么不拥立帖木真为汗？如今你们立他为汗，又是打的什么主意？阿勒坛、忽察儿，你俩要履行自己的誓言，要让我的安答放心，好好地与我的安答做伴友吧！"

之后，札木合的弟弟给察儿，在居住在札剌麻山斡列该泉边时，曾前来抢劫住在撒阿里草原的成吉思汗部下拙赤·答儿马剌②的马群。最终他劫得了马群回去了。拙赤·答儿马剌的马群遭劫后，伴友们因胆怯不敢去追，于是他一人独自去追。夜里，拙赤·答儿马剌摸到自己马群

---

① 这次的战斗史称"十三翼之战"，是帖木真被第一次拥立为汗后的一次著名战争，这次战役后，札木合由于凶残无度，逐渐失去了人心，各部落纷纷归向成吉思汗，于是成吉思汗的军事力量逐步强大起来。

② 拙赤·答儿马剌，札剌亦儿氏人。

的旁边,卧伏在骑乘马的鬃上,走上前去,将给察儿的脊骨射断,并将自己被劫的马群赶了回来。

由于弟弟给察儿被杀,札木合组织起札答阑等十三方部众①,编成三万骑,越过阿剌兀惕、土儿合兀惕两山,去攻打成吉思汗。亦乞列思氏的木勒客·脱塔黑、孛罗勒歹两人来到古连勒古山,向成吉思汗告变。成吉思汗获悉后,便把他的十三方的部众,编成三万骑,率领他们前去迎战札木合。双方交战于答阑·巴勒主惕。在那里,成吉思汗被札木合进攻逼迫,退到了斡难河的哲列捏峡谷。札木合说:"我们使他们退败到斡难河的哲列捏峡谷去了!"回去时,他把赤那思部的子弟活活煮死在了七十口大锅里,又砍下捏兀歹部的察合安·兀阿的脑袋,并将其系在马尾巴上拖了回去。

---

① 札木合这十三部众有:札答阑、泰赤乌、亦乞剌思,兀鲁兀、那也勤、八鲁剌思、把邻、豁罗剌思。其他五部不详。

主儿勤和不里·孛阔的故事

（参阅秘史 130—140 节）

札木合从那里回去之后，兀鲁兀惕氏人首领主儿扯歹①率兀鲁兀惕人，忙忽惕氏人首领忽亦勒答儿②率忙忽惕人离开了札木合，去投奔成吉思汗。晃豁坛氏人蒙力克父亲原追随札木合，此时也带着七个儿子叛离了札木合，投奔了成吉思汗。

由于这么多百姓纷纷离开札木合来投奔自己，成吉思汗很是高兴。他与诃额仑夫人、合撒儿、主儿勤③氏的薛扯·别乞、泰出等人商议说："咱们在斡难河的树林里举办宴会庆贺吧！"在宴会上，首先给成吉思汗、诃额仑夫人、合撒儿、薛扯·别乞各斟了一杯（皮瓮）酒，然后又给薛扯·别乞的小母额别该斟了一杯酒。这一来，豁里真哈屯、忽兀儿臣哈屯两

① 主儿扯歹，这个名字意为"女真人母亲所生"，他曾在与王汗部的战役中，奋力击退王汗诸军，射伤王汗之子桑昆，掩护帖木真败走，蒙古建国后，受封左翼兀鲁兀惕四千户之长。1213 年，与合撒儿攻金国，屡建战功。

② 忽亦勒答儿，忙忽惕部首领，初附札木合，十三翼之战后，归附帖木真。蒙古建国功臣，1203 年战死哈阑真沙陀之役。蒙古建国后，追封为千户长，允其子孙世袭。

③ 主儿勤，其单数形式为"主儿乞"。蒙古乞颜部落的分支，合不勒可汗长子斡勤·巴儿合黑后裔所统治的部落。主儿勤，意为"心脏"，即"核心部落"、"心腹部落"之意。

人说:"为什么不首先给我们,而给额别该斟酒?"说完,她们打了司膳失乞兀儿。司膳失乞兀儿被打后,说道:"就因为也速该·把阿秃儿、捏坤太师两人死了,我就应该挨打吗?"说完,放声大哭起来。

那次宴会,成吉思汗一方由别勒古台主持,主儿勤氏方面由不里·孛阔①主持。别勒古台牵着成吉思汗的骟马站着时,捉住了一个偷马缰绳的合答吉氏人。不里·孛阔同情那个偷马缰绳的人,便和别勒古台吵了起来。别勒古台像以往一样,在与人搏斗时,脱下右边的衣袖,露出肩膀。不里·孛阔用刀刺伤了他的肩膀。别勒古台虽被砍伤了,却满不在乎,不加理会,流着血走近了坐在树荫下筵席上的成吉思汗。成吉思汗见到他便问:"谁把你伤成了这样?"别勒古台说:"只是小伤,别理它。不要为了我,使兄弟们失和。我不要紧,身体没事。兄弟们刚刚相识相熟,哥哥不应动怒,算了吧!"

成吉思汗不听别勒古台的劝告,折下树枝,又从皮桶里抽出捣奶杵,与主儿勤人厮打了起来,最终打赢了他们,并把豁里真哈屯、忽兀儿臣哈屯抢了过来。

成吉思汗联合汉地金国去攻伐塔塔儿人时,把浯勒札河(在斡难河和客鲁涟河之间,向东北流入塔里湖)畔的老营安置在哈滹沵秃海子(在客鲁涟河上游南流向东折的大河湾西南)。主儿勤人趁此机会袭击了留在老营里的人。他们剥去了五十个人的衣服,杀死了十个人。幸存下来的老营里的人将此事告诉了成吉思汗。成吉思汗听后大怒,说:"主儿勤人怎么如此加害我们? 起初,在斡难河树林里宴会上,他们打了司膳失乞兀儿,又砍伤了别勒古台的肩膀。后来他们提出议和,我们就把豁里真哈屯、忽兀儿臣哈屯两人交还给了他们。双方拟定共同出兵,去征讨曾杀害我们祖先的塔塔儿人,可我们等候了六天,最终也没把主儿勤人等来。如今,他们又向敌人靠拢,成了我们的敌人!"说完,成吉思汗决心

---

① 不里·孛阔,此名为突厥语,"不里",意为"狼","孛阔",意为"力士"。

去征讨主儿勤人。

当时，主儿勤人正居住在客鲁涟河的阔朵额·阿剌勤的朵罗安·孛勒答兀惕这个地方。成吉思汗的军队掳掠了他们的百姓。薛扯·别乞、泰出两人带着少数人逃走之后，成吉思汗的军队对他们穷追不舍，终于在帖列秃山口追上了他们，擒获了薛扯·别乞、泰出两人。成吉思汗向薛扯·别乞、泰出问道："以前我们曾说过什么话？"薛扯·别乞、泰出说："我们没有履行盟约，应按盟誓将我们处决！"说完，他俩引颈就戮。成吉思汗让他们重温了盟誓后，杀死了他们，并将他俩抛尸荒野。

薛扯·别乞、泰出被处决后，来接收迁移主儿勤的百姓时，札剌亦儿氏人帖列格秃伯颜的儿子古温·兀阿、赤剌温·孩亦赤、者卜客三人在主儿勤部中。古温·兀阿领着他的两个儿子木合黎①、不合拜见了成吉思汗，说：

"让他们做你家的仆役，

他们若胆敢私离家门，

就将他们的脚筋砍去。

让他们做私家的奴隶，

他们若擅离家门，

就挖去他们心肝，将他们抛弃！"

赤剌温·孩亦赤带着他的两个儿子统格、合失拜见了成吉思汗，说：

"让他们去看守你黄金门槛，

他们若胆敢离开你黄金门槛，

就断送他的性命，将他们抛尸荒原。

让他们去抬开你宽阔的大门，

---

① 木合黎，又译作木华黎。与孛斡儿出、孛岁忽勒、赤老温，合称四杰。与孛斡儿出同为成吉思汗左右手。蒙古建国后，被封为左翼万户长，后受封为太师国王。专任攻金，为元太宗灭金奠定了基础。

他们若擅自离开你宽阔的大门，

就踢烂他们心肝，将他们抛尸荒原！"

将者卜客交给了合撒儿。者卜客从主儿勤营地上带来一个名叫孛罗忽勒①的男孩，并将男孩献给了诃额仑母亲。

诃额仑母亲共收养了四个男孩，即从篾儿乞惕部营地得到的古出、从泰亦赤兀惕部的别速惕氏营地得到的阔阔出、从塔塔儿营地得到的失吉忽秃忽②、从主儿勤营地得到的孛罗忽勒。诃额仑母亲对孩子们说："谁来做我的孩子的白天能瞭望的眼睛，夜晚能谛听的耳朵呢？"

这些主儿勤人之所以成为主儿勤部，其来由是：合不勒汗的七个儿子中，长子是斡勤·巴儿合黑，巴儿合黑的儿子叫莎儿合秃·主儿乞。莎儿合秃·主儿勤是合不勒汗的儿子们的长子，他被从部众中挑选出来：

深有胆识，

拇指控弦善射，

口有豪言，

胸怀壮志。

就因为他有胆有勇，无人匹敌，于是他所在的部落才被称为主儿勤部。

成吉思汗制服了如此勇猛的百姓，征服了主儿勤部，并将该部众收为自己的私属部众。

一天，成吉思汗让不里·孛阔和别勒古台比赛摔跤。不里·孛阔原为主儿勤部落人，是全部落中有名的搏克手，他曾用一只手将别勒古台

---

① 孛罗忽勒，诃额仑的四个养子之一。多年为帖木真及其家族效力，救过斡歌歹的性命，其妻阿勒塔泥救过拖雷的性命。蒙古建国后，孛罗忽勒被封千户长，曾任右翼军副帅，1217 年在镇压秃马惕部起义时，在森林中被杀。

② 失吉忽秃忽，蒙古塔塔儿部人，自幼被诃额仑收为养子。他多年为帖木真家族效忠，被铁木真称为"六弟"。蒙古建国后被封为千户长，并被委任为断事官。死于中统年间。

抓住，用一只脚将他摔倒，压在他身上，使他动弹不得。这次，别勒古台和不里·字阔摔跤时，不可战胜的不里·字阔却故意倒下了。别勒古台压不住不里·字阔，便抓住他的肩，骑上了他的臀部。别勒古台回头看了看成吉思汗，成吉思汗咬了咬下唇，别勒古台心领神会，就骑在了不里·字阔的身上，双手扼住他的颈部，用力向后折断了他的脊骨。不里·字阔的脊骨断了，说："我原本不会败给别勒古台，只因惧怕大汗才故意摔倒，送掉了自己的性命！"说完，他死去了。别勒古台折断了不里·字阔的脊骨，将他拖出去扔了。合不勒汗的七个儿子中，长子是斡勤·巴儿合黑。次子是把儿坛·把阿秃儿。三子是忽秃黑秃·蒙吉儿，他的儿子是不里·字阔。不里·字阔不亲近把儿坛·把阿秃儿的子孙，而与斡勤·巴儿合黑的勇猛的子孙为伴，因此这位国之力士搏克手才被别勒古台折断了脊骨而死去了。

阔·亦田之役的故事

（参阅秘史 141—148 节）

鸡年（辛酉，1201）合答吉部、撒勒只兀惕部联合，朵儿边部和塔塔儿部和好，亦乞列思部的土格·马合等首领、翁吉剌惕、豁罗剌思、奈曼、篾儿乞惕、斡亦剌惕、泰亦赤兀惕等十一部落的人们会聚在阿勒灰泉，商议要拥立札答阑氏人札木合为汗，杀公马、母马，立誓为盟。他们顺额儿古捏河（即今额尔古纳河）而行，到达了刊河（即今额尔古纳河支流根河）流入额儿古捏河处的三角洲时，拥立了札木合为古尔汗①后，就商议去攻打成吉思汗、王汗两人。

当时，成吉思汗驻在古连勒古山，豁罗剌思氏人豁里歹把这个消息报告了他。成吉思汗获悉后，派人告知了王汗。王汗获此消息后，立即率兵急速赶往成吉思汗那里。

王汗到来之后，成吉思汗和王汗商议，如何联手出兵迎战札木合。他们顺客鲁涟河而下。成吉思汗以阿勒坛、忽察儿、答里台三人为先锋；

---

① 古尔汗，意为强大的汗，汗中之汗。札木合被推举为诸部落联盟首领，遂被尊为"古尔汗"。

王汗以桑昆、札合·敢不、必勒格·别乞三人为先锋。在这些先锋前面，派出了哨望者。在额捏坚·归列秀设置了一个哨望处，在它的前面的扯克扯儿山上设置了一个哨望处，在其前方的赤忽儿忽山上又设置了一个哨望处。作为先锋的阿勒坛、忽察儿、桑昆等人到达了兀惕乞牙，正商议要在这里驻下，有人从赤忽儿忽哨望处跑来报告："敌人来了!"获此消息后，先锋们认为不能在此停驻，决定迎敌而进，去了解情况。

双方相遇，成吉思汗一方先锋问道："你们是什么人?"札木合一方先锋答道："蒙古的阿兀出·把阿秃儿、乃蛮①的不亦鲁黑汗、蔑儿乞惕部的脱黑脱阿的儿子忽突、斡亦剌惕部②的忽都合·别乞，这四个人是札木合的先锋。"于是双方商定："天色已晚，明日厮杀!"双方先锋退回大本营，与主力军会和，驻下了。

第二天，成吉思汗、王汗的军队前进，与札木合军队在阔亦田(在今呼伦贝尔陈巴尔虎旗辉腾山一带)这个地方遭逢对阵。双方忽上忽下，各自布阵。札木合一方的不亦鲁黑汗、忽都合·别乞两人懂得用掷札答石③呼风唤雨的法术，遂施展起这种法术来。但风雨反倒逆袭了他们，他们没能逃脱风雨的袭击，纷纷滚落到了山沟里。他们感叹道："上苍不保佑我们!"于是溃散逃亡。

乃蛮部的不亦鲁黑汗向阿勒台山前面的兀鲁黑·塔黑山退去；蔑儿乞惕部的脱黑脱阿的儿子忽突向薛凉格河退去；斡亦剌惕部的忽都合·别乞极力争夺森林，向失思吉思地区退去；泰亦赤兀惕的阿兀出·把阿秃儿向斡难河退去。札木合掳掠了拥立他为汗的百姓，顺着额儿古涅河

---

① 乃蛮，突厥语族部落。唐代后期南下的黠戛斯部落的一个分支，游牧于阿尔泰山一带。

② 斡亦剌惕部落，蒙古语族部落。明时称"瓦拉"，清时称"卫拉特"。游牧于今叶尼塞河上游锡什锡德河一带。有四个分部组成：准噶尔、和硕特、杜尔伯特、土尔扈特。

③ 札答石，当时，蒙古地区萨满巫师行一种法术时，以数枚石子状的东西浸入水中，口念咒语，呼风唤雨。这种石子状的东西，蒙古语叫"札答"。这种石状物来自兽腹中，可能是牛黄、狗宝之类。

而下,退了回去。他们如此溃散后,王汗率军顺额儿古涅河而下,追击札木合。成吉思汗挥师沿斡难河追击泰亦赤兀惕的阿兀出・把阿秃儿。阿兀出・把阿秃儿回到自己的部众,急忙率军出走。阿兀出・把阿秃儿、豁敦・斡儿长等泰亦赤兀惕人,在斡难河的彼岸整顿了剩余的持有盾牌的兵士,准备与对手决一死战。

成吉思汗的军队到来了,与泰亦赤兀惕人交了手。双方厮杀了许多回合,天色渐晚时分,双方歇手,就在战场对阵宿了下来。逃难而来的百姓也在战地与各自军队扎营驻下了。

在那次厮杀中,成吉思汗的颈脉受了伤,流血不止,精神恍惚。在太阳落山时,成吉思汗也就地与敌方对峙扎营驻了下来。者勒篾不停地用嘴吸吮着成吉思汗颈部的瘀血,嘴上沾满了血污。者勒篾不敢相信其他人,便亲自坐守在成吉思汗身旁。他把吸吮到嘴里的瘀血,一部分咽了下去,一部分吐了出来,到了午夜时分,成吉思汗渐渐清醒了过来,说:"我的血已干涸,我渴极了!"于是,者勒篾脱去了帽、靴、衣服,只穿着内裤,跑进对峙的敌营里,爬到敌营百姓的车上,去寻找马奶,却没能找到。看来,慌乱中的百姓已经顾不上挤马奶了。者勒篾没弄到马奶,正跑着的时候发现了一辆车上有大皮袋子,袋子里装的正是马奶,于是把一大皮袋的马奶扛了回来。他又去找来了水,把水和马奶调和在一起,给成吉思汗喝了下去。成吉思汗喝了三次马奶后,渐渐清醒了,说:"我的心里敞亮了!"说完,他慢慢坐了起来,感到眼前一片明亮。此刻,天已大亮了。成吉思汗发现,在他周围的地上,布满了者勒篾吐出的瘀血与泥土混成的血浆,便说:"这是什么啊?不能吐得远点吗?"者勒篾说:"您的生命处于危机中,我不能远离您,在慌忙中把您的瘀血就近吐了,肚子里咽进了多少也不知道了。"成吉思汗说:"我躺在地上起不来,你怎么赤裸着身子跑进了敌营?如果你被擒,不会把我的这种状况说出去吧?"者勒篾说:"赤身跑入敌营,若果真被擒,我会对他们说,我本打算来向你们投降,却被别人发现了,于是他们把我抓了起来,把我的衣服剥光了,只剩了一条内裤。我突然挣脱了他们跑到了你们这里。他们听了，一定会信以为真，会给我穿上衣裳，好好待我。只要我能骑上一匹马就能伺机逃回来。因急于解除您的干渴之苦，所以才不顾一切闯入了敌营。"成吉思汗说："我现在还能说什么？此前，三姓篾儿乞惕人来袭，围着不峏罕·合勒敦山搜寻了三遭，是你救了我性命。如今，你吸吮我的瘀血，又救了我性命。我干渴难耐时，你冒着生命危险闯入敌营取来马奶，再次救我性命。这三次救命之恩，我当铭记不忘！"

天大亮之后才发现，相崎住宿的敌军已溃散，而扎营住下的大部百姓，自知难随军逃脱，便索性留在了宿营地没有动。成吉思汗此刻想去招呼回自己的一部分溃散的百姓，就骑上马，边走边呼唤慌乱中逃走的百姓。这时，山岭上一个身着红衣的妇人边哭边大声呼喊道："帖木真！帖木真啊！"成吉思汗听到后，就派人去问："你是谁的女人？怎如此呼喊？"那妇人说："我是锁儿罕·失剌的女儿，名叫合安达。这里的士兵抓住了我的丈夫，要杀死他！我想让帖木真救救我的丈夫，所以边哭边呼唤帖木真！"被派去的人把妇人的话禀告了成吉思汗。成吉思汗听后，立即骑马冲到那里，下了马就与合安达抱在了一起。但那时，合安达的丈夫已被成吉思汗的士兵杀死了。

把那些在慌乱中溃散的百姓招呼回来后，成吉思汗就在那里扎营驻下了。成吉思汗把合安达请来，让她坐在了自己的身边。

第二天，泰亦赤兀惕氏贵族脱朵格的属民锁儿罕·失剌、者别两人来了。成吉思汗对锁儿罕·失剌说：

"将脖颈上
带着的沉重的枷锁，
取下来扔弃在地。
将衣领上
套着的沉重枷锁，
解下来抛弃！

你们父子对我有重恩,却为什么才来?"

锁儿罕·失剌说:"在我的心中,急什么呢? 如果忙着早来,泰亦赤兀惕的那颜(贵族、官人)们定会将我留在家里妻子儿女、马群牲畜像灰尘般地毁掉,所以不用着急。如今我赶来和大汗相会了!"成吉思汗听了,说:"说得有理!"

成吉思汗又说道:"在阔亦田,与敌军布阵交战时,一个人从山岭上射来一支箭,射断了我的坐骑白嘴黄马的颈脊,这个人是谁?"者别一听就说:"从山岭上射箭的人正是我。现在大汗如赐我一死,我的尸体只不过使一块巴掌大的地变得污臭,但若大汗恩赦,我愿为大汗

"横断深水,

冲碎明石。

到指派的地方,

冲碎青石;

达奉命进攻的地方,

冲碎黑石。"

成吉思汗说:"凡是敌人,他要杀的人、敌对的事,都会向我隐瞒,有所讳言。看来,你是可以做我伴友的人。你原名叫只儿豁阿歹,因为你射断了我的白嘴黄马的颈脊,就给你更名为者别①,你今后就为我射箭作战吧!"然后又下达指令,说:"让他跟在我的身边!"

就这样,成吉思汗打败了泰亦赤兀惕人,把阿兀出·把阿秃儿、豁团·斡儿昌、忽都兀答儿等泰亦赤兀惕的贵族子孙消灭得灰飞烟灭,将该部落的百姓全部迁来,做了他的属民。

---

① 者别,蒙古语,意为箭镞。

失儿古额秃老人的故事

（参阅秘史 149 节）

你出古惕·把阿邻氏的失儿古额秃老人有两个儿子，一个叫阿刺黑①，一个叫纳牙阿②。当看到泰亦赤兀惕部的那颜塔儿忽台·乞邻勒秃黑走进森林时，他们说："他是成吉思汗的仇人！"说完，就上去抓住了他。由于塔儿忽台·乞邻勒秃黑身体肥胖，不能骑马，于是就让他坐在了车上。在押往成吉思汗处的路上，塔儿忽台·乞邻勒秃黑的儿子和弟弟们追了上来，要把他夺回去。失儿古额秃老人让不能起身的塔儿忽台仰卧在车上，并骑在了他的身上，抽出了刀，对他说："你的子弟们来了，要把你夺回去。即使我不杀你，可我的君主会因我对你下了手，也会杀掉我。反正是死，就拿你做垫背的吧！"说罢，老人要用刀割他的喉咙。这时，塔儿忽台·乞邻勒秃黑向他的子弟们大声哭喊道："失儿古额秃要杀我！如果我被杀，这没了性命的尸体拿回去还有什么用？乘我没被杀，你们快退回去！帖木真是不会杀我的。帖木真幼年时，被

---

① 阿刺黑，平宋名将伯颜的祖父，蒙古建国后，受封千户长兼断事官，从征西域，平忽毡城（今塔吉克斯坦苦盏）有功。

② 纳牙阿，蒙古建国后，受封千户长，历任中军万户长、左翼副万户长。

抛弃在无人的营地,因为他目中有火,面上有光,我曾把他带回来。一教他,就觉得他很聪明。我像调教二、三岁马驹那样调教他。那时,我要是杀他,有什么难的?听说现在他还记得那事,他会理解我的一片心。帖木真不会杀我。我的子弟们,快回去吧!否则,失儿古额秃真的会杀我!"他的子弟们听了,商议说:"我们是来救父兄的性命的。如果失儿古额秃杀死了他,我们要回他没有性命尸体有什么用?乘他没有被杀,我们快回去吧!"说完,他们回去了。

在他们追来的时候,失儿古额秃的两个儿子阿剌黑、纳牙阿曾逃离,现在他俩回来了。他们父子三人一同走到忽秃忽勒·纳兀洼地时,纳牙阿说:"咱们把塔儿忽台捉住送去,成吉思汗会认为咱们是敢对自己的正主、君主下手的属民,这种属民不可信赖,不可依靠,不能作为他的伴友。说不定成吉思汗还会杀了我们。不如现在把塔儿忽台释放了,亲自去拜见成吉思汗说'我们是为成吉思汗您效力而来的。起初,我们把塔儿忽台捉住送来,但还是舍不得自己的正主、君主被处死,又将他放了回去。我们钦佩您,愿为您效力!'"纳牙阿的父兄都赞成他的意见,于是就把塔儿忽台·乞邻勒秃黑放走了。

失儿古额秃和他的两个儿子阿剌黑、纳牙阿到来了,成吉思汗问:"你们是怎么来的?"失儿古额秃说:"我们捉住了塔儿忽台·乞邻勒秃黑,本想将他送交于您,但不忍看着自己的正主、君主被处死,于是又将他放了。我们是为成吉思汗您效力来的。"成吉思汗听后,说:"如果把你们的正主抓来,我就将他连同对自己的正主、君主下手的属民一起诛杀。你们有不忍背弃正主、君主之心,这是对的。"纳牙阿还因此受到了恩赏。

失儿古额秃老人的故事

答阑·捏木儿格思之役的故事

（参阅秘史 153—154 节）

狗儿年（壬戌，1202）秋天，成吉思汗在答阑·捏木儿格思地区①，与察合安·塔塔儿、阿勒赤·塔塔儿、都塔兀惕·塔塔儿、阿鲁亥·塔塔儿等诸塔塔儿部落交战。战前，成吉思汗宣布："与敌军交战时，不可贪财！战胜了敌人后，所获战利品都归我方所有，大家应共同分配。如被敌方战败，退到原冲出去的阵地后，要积极反攻。退到原冲出去的阵地后，不反攻者，处斩！"军令宣布后，在答阑·捏木儿格思，成吉思汗的军队与塔塔儿人展开了厮杀，最终成吉思汗的军队击败了塔塔儿人，并将他们驱赶到兀勒灰河、失鲁格勒只惕河一带，掳掠了他们的部众。在那里歼灭了察合安·塔塔儿、阿勒赤·塔塔儿、都塔兀惕·塔塔儿、阿鲁亥·塔塔儿的主要部众。阿勒坛、忽察儿、答里台三人没有遵守既定军令，在作战时将战利品据为己有。因此，成吉思汗派遣者别、忽必来二人，去将他们掠得的马群、财物全部没收。

　　歼灭、俘虏了塔塔儿人后，为了处置这些被俘部落的百姓，成吉思汗

---

① 答阑·捏木儿格思，在今蒙古国哈拉哈河上游努木尔根河一带。

将亲族要员召集到大帐中举行大议，大家议道：“以前，塔塔儿人杀害了我们的祖先父辈，为了给咱们的先辈报仇雪恨，应把他们中的高于车辖的人斩尽杀绝，剩下来的分给各户做仆役、奴婢！”如此商定后，走出了大帐。塔塔儿人也客·扯连①向别勒古台问道：“你们商定的结果如何？”别勒古台说：“议定的结果是，你们中凡是高于车辖的人一律要被杀掉！”也客·扯连速将此话告诉了塔塔儿人，于是塔塔儿人纷纷修筑了寨子，誓死进行反抗。成吉思汗的军队攻打立寨反抗的塔塔儿人，伤亡很大，经过浴血奋战才攻下寨子。成吉思汗的军队要杀掉高于车辖的塔塔儿人时，塔塔儿人互相商量道：“我们每人袖子里藏入一把刀，死也要找个垫背的！”这样一来，也使成吉思汗的军队蒙受了很大损失。杀光了高于车辖的塔塔儿人后，成吉思汗降旨：“由于别勒古台泄露了亲族商议决定，使我军遭受了很大损失。今后举行大议（大议，汉语中本无此词，意思是商议重大事务的会议）时，再不准别勒古台参加。我们再举行大议时，让别勒古台在帐外负责整治审判斗殴、盗窃、诈骗等案件。待大议完毕，宴饮之后，别勒古台和答里台两人才可进入大帐。”

---

① 也客·扯连，塔塔儿部贵族，成吉思汗娶其女儿也速干、也遂为妃。此人与秘史 51 节中忽阑·把阿秃儿之子也客·扯连同名，不可混淆。

成吉思汗娶也速干
为哈屯的故事

（参阅秘史 155—156 节）

战胜了塔塔儿人之后，成吉思汗娶了塔塔儿人也客·扯连的女儿也速干①为哈屯。也速干受到宠爱，于是对成吉思汗说："大汗如宠爱我，就把我当个平民看吧。我有个姐姐，叫也遂②，她可比我强，长得很漂亮，应该配得上大汗。她刚有了夫婿，但在离乱中，如今不知流落到了哪里。"成吉思汗听了，说："如果你姐姐比你还漂亮，我就派人去寻找。可如果你姐姐来了，你会将哈屯的位子让给她吗？"也速干哈屯说："承蒙大汗恩典，如能见到姐姐，我就让位给她。"听到这话，成吉思汗立即降旨，派人去寻找也遂。

当时，也遂和她的夫婿一起逃进了森林中，他俩和成吉思汗的军队遇到后，也遂的夫婿弃她而逃，她就被成吉思汗的队伍带了回来。也速干哈屯见到姐姐来了，就履行了许下的诺言，起身将自己的座位让给了姐姐，自己坐在了下边。正如也速干所说，也遂长得非常漂亮，得到了成

---

① 也速干，成吉思汗第四斡儿朵（行宫）后妃。

② 也遂，成吉思汗第三斡儿朵后妃。

吉思汗的宠爱，于是成吉思汗娶她为哈屯，让她坐上了后妃的座位。

　　掳掠，杀戮了塔塔儿百姓之后，一天，成吉思汗坐在大帐外边，他的身旁坐着也遂哈屯和也速干合屯，他们在一起饮酒时，也遂忽然深深地叹了一口气。成吉思汗心生疑惑，便叫来了孛斡儿出和木合黎等那颜，对他俩说："你俩叫所有聚会的人按自己的现在所分属的部落站立，从自己部落中将其他部落的人划分出去。"于是所有聚会的人都按自己部落站立，只有一个相貌英俊的后生站在了各部落之外。问他说："你是什么人?"后生答道："我是塔塔儿人也客·扯连的女儿也遂的夫婿。塔塔儿人遭掳掠时，因害怕就逃跑了。以为如今已安定，在这么多人中，自己怎会被认出来? 于是就来了。"这话被禀奏成吉思汗。成吉思汗降旨："这个人还有造反之心，来做强盗，现在又来打探什么? 像他这样比车辖高的塔塔儿人不都被杀掉了吗? 还迟疑什么? 将他杀了，并抛尸到看不见的地方!"于是立即把他杀掉了。

王汗部背叛谋反的故事

（参阅秘史 157—167 节）

就在这狗儿年（壬戌，1202），当成吉思汗征讨塔塔儿部的时候，王汗率军攻打篾儿乞惕人，到巴儿忽真·脱窟木去追赶脱黑脱阿·别乞，杀死了脱黑脱阿的长子脱古思·别乞，娶了脱黑脱阿的两个女儿忽秃黑台、察阿伦和其他妻妾，掳获了他的两个儿子忽图、赤刺温以及他的百姓。可他却什么也没有给成吉思汗。

后来，成吉思汗和王汗又联手出征乃蛮·古出古惕部不亦鲁黑汗。到达兀鲁黑·塔黑山时，不亦鲁黑汗无力抵抗，便越过阿勒台山逃跑了。成吉思汗、王汗率军从涣豁黑河（即今蒙古国西北的索果克河）追赶不亦鲁黑汗，越过阿勒台山，沿着忽木升吉儿地区的兀泷古河（即今新疆东北部乌伦古河）追赶时，有个乃蛮部的巡逻官那颜正在哨所，被成吉思汗哨兵所追。他在逃往山里时被捉住了。成吉思汗、王汗军队又顺着兀泷古河追赶，在乞湿勒·巴失湖畔追上了不亦鲁黑汗，在那里将他的军队打垮了。

成吉思汗、王汗从那里返回时，乃蛮部的将领可克薛兀·撒卜剌黑在巴亦答剌黑·别勒赤儿地区整治军队，准备再战。成吉思汗、王汗两人也整治了队伍,准备迎战。天色已晚,双方约定次日清晨再战,于是两军对峙宿下。王汗在他的营地燃起了篝火,却趁夜色率军沿着合剌·泄兀勒河(即今蒙古国哈尔·苏勒河)撤走了。那夜,王汗和札木合一起行动。札木合对王汗说:"帖木真安答已向乃蛮部派去了使者,到现在也没回来。王汗,王汗啊!

我和你王汗在一起,

我是一只白翎雀;

我的安答离你而去,

他是一只告天雀①。

他要投降乃蛮部,才故意落后的吧。"

听了札木合的话,王汗的大那颜兀卜赤黑台·古邻·把阿秃儿说:"为什么这样奸诈? 对兄弟还要进谗言呢?"

成吉思汗那夜就住在了那里,第二天要与敌人作战,天刚亮就起来了。他一看,王汗军队的宿营地已空无一人,便说道:"这些人把我们当做祭祀时的供羊了!"说完,他率军转移,越过了额垤儿河、阿勒台河汇合处的别勒赤儿,继续前进,在到达撒阿里大原野后,就在那里住了下来。成吉思汗、合撒儿两人了解了乃蛮部的大概情形,但并没有对其他人说。

可克薛兀·撒卜剌黑追击着王汗,掳取了桑昆的妻子儿女和百姓,又掳取了王汗在帖列格秃山口的百姓、马群、食物饮品的一半后,就往回返了。而篾儿乞惕的脱黑脱阿的两个儿子忽图和赤剌温则趁机带着他们的百姓离去,顺着薛凉格河而下,去和他们的父亲会合去了。

王汗被可克薛兀·撒卜剌黑掳掠后,派遣使者对成吉思汗说:"我的妻子儿女、百姓遭乃蛮部掳掠,我让儿子去求你派出你的四杰,来救救我的妻儿和百姓吧!"于是,成吉思汗就派出他的四杰孛斡儿出、木合黎、孛

---

① 白翎雀,即百灵鸟,又叫蒙古云雀。告天雀,即沙鸡,又叫沙漠云雀。白翎雀不随气候变化而选择栖息地,而告天雀则随气候变化而选择栖息地。

79

王汗部背叛谋反的故事

罗忽勒、赤剌温·把阿秃儿率军前去。在四杰到达之前，桑昆在忽剌·忽惕这个地方作战时，由于马腿被敌箭射断，几乎被擒。成吉思汗的四杰赶到后救了他，也救了他的妻儿、百姓，并全部还给了王汗。当时，王汗说："以前，贤父也速该救回过我溃散的百姓，如今儿子又派出他的四杰救回了我失散的百姓，并全部还给了我。上苍大地保佑，我一定知恩图报！"

王汗又说："我的安答也速该救回过我溃散的百姓，现在帖木真儿子又救回了我失散的百姓，父子俩在聚拢了我的百姓之后，都全部还给了我，他们是为了谁，如此艰辛地聚拢溃散的百姓？

如今我已年迈，

要登上高山躺卧歇息，

死亡已近在咫尺。

死后葬于山崖，

我所有的百姓，

该归向哪里？

虽有很多兄弟，

但他们不明事理。

我虽有独子桑昆，但如同没有一样。要是让帖木真做桑昆的哥哥，让我有两个儿子，我也就安心了！"

于是，王汗与成吉思汗在土兀剌河的黑林中结拜为父子。之所以结拜为父子，是因为以前也速该汗父曾与王汗结拜为安答，王汗就如同帖木真的父亲一样。王汗与帖木真结拜为父子的誓约是：

"征伐众多的敌人时，

要一起发兵出动；

围捕狩猎野兽时，

要齐心协力而行。"

成吉思汗、王汗还订立了盟誓：

"咱们俩今后，

若遭有牙毒蛇的挑唆，

我俩也要互相信任，

靠牙、嘴说清楚之后，

彼此不再猜忌。

即便被有牙的毒蛇离间，

咱们也不能分离，

用嘴、舌沟通之后，

彼此深信不疑。"

如此订立盟誓后，他俩又和睦如初了。

成吉思汗想亲上加亲，便为自己的儿子拙赤求娶桑昆的妹妹察兀儿·别吉，同时想把自己的女儿豁真·别乞嫁给桑昆的儿子秃撒合，相互换亲嫁娶。但桑昆妄自尊大，说："我家的女儿若嫁到他家，只能站在门后做奴婢，仰看坐在正面的人的脸色；他家女儿如嫁到我家，会坐在正面做主子，俯看站在门后的奴婢！"他口出如此小视成吉思汗的话语，不肯把妹妹察兀儿·别乞嫁到成吉思汗家。听到这话，成吉思汗便对王汗、你勒合·桑昆父子俩心灰意冷了。

札木合觉察到了成吉思汗的心灰意冷。猪儿年（癸亥，1203）春，札木合、阿勒坛、忽察儿、合儿答乞歹、额木格真、那不勤、雪格额台·脱斡邻勒、合赤温·别乞几人共谋，要迁移到者者额儿·温都儿山后面的别儿客·额列惕地区的你勒合·桑昆那里去。札木合向桑昆进谗言，说："帖木真安答与乃蛮部塔阳汗有约定，双方也互派了使者。他口头上承认与王汗为父子关系，可心里却另有图谋。你们还相信他呢？若不及早动手，你们会有什么结果？ 如果你们肯攻打帖木真，我可以从旁协助！"阿勒坛、忽察儿两人说："我们为你把诃额仑母亲的儿子干掉，把哥哥杀掉，把弟弟除掉！"额不格真、那牙勤、合儿塔阿惕三人说："我们为你将他

的手抓住,将他的腿绊住!"脱斡邻勒①说:"要设法掳获帖木真的百姓,他若失去百姓,还能怎样?"合赤温·别乞说:"你勒合·桑昆太子啊,为你考虑,为了你的事业,再长的道路我们跟你走到尽头,再深的水潭我们也要跟你探究到底,决不回头!"

听了这些话,你勒合·桑昆派遣了一个叫撒亦罕·脱迭额的人去将此话转告给父亲王汗。王汗听了,说:"你们为什么对我儿帖木真那样呢?现在我们还要依靠他,将他当成顶梁柱呢。如果对他怀有那样的恶念,上苍不会保佑我们的,不是吗?札木合爱搬弄是非,是个说话很没有准的人。"他没有听信这些话,把撒亦罕·脱迭额打发回去了。桑昆又派另外的人去对父亲说:"凡是有嘴有舌的人都是这么说,父亲怎么就是不相信呢?"桑昆反复派人去说服父亲,但都无济于事。他最终亲自去拜见了父亲,说:"现在您健在的时候,帖木真都不把咱们放在眼里,汗父有朝

---

① 脱斡邻勒,即雪格额台·脱斡邻勒。此人与克列亦惕部王汗同名,不可混淆。他的家族是成吉思汗高祖屯必乃以来世袭家仆。他是速客虔氏人者该·晃答豁儿的儿子,速客该·者温的兄弟。

一日被白奶呛着,被黑肉噎着①,您的父亲忽儿察忽思·不亦鲁黑汗辛苦聚拢起来的百姓,还能视我们为汗主吗?"

听了这话,王汗说:"我怎么会舍弃自己的儿子呢? 可我们迄今还要依靠他,把它当做顶梁柱。如果对他怀有恶念,会遭天谴呢!"儿子你勒合·桑昆听了父亲的话,气恼地推开门走了。王汗最终还是为儿子考虑,便把他叫了回来,说:"我只是担心上苍不会保佑咱们,怎么能舍弃自己的儿子呢? 你们要各尽自己所能去做,好自为之吧!"

---

① 被白奶呛着,被黑肉噎着:蒙古族常用来比喻人老了,已不能进食的形象说法。黑肉,即瘦肉。白奶、黑肉被蒙古族视为最纯洁、上乘的饮食品。

哈剌·合勒只惕之役的故事

（参阅秘史 168—175 节）

进攻蒙古部落的主张得到了父亲王汗的首肯后，桑昆说："他们曾经求娶咱们家的女儿察兀儿·别吉，现在我们约定好日子，邀请帖木真来参加许婚筵。"众人听了，都一致说："好！"商议已定，就派人去对成吉思汗说："我们愿把察兀儿·别吉许给你们，请你们如期赴许婚筵！"成吉思汗接受了邀请，便带上十人前去赴筵。途中住在了蒙力克父亲家。蒙力克父亲说："以前，咱们求娶察兀儿·别吉时，他们瞧不起咱们，没有应允。如今却反过来特意邀请你们去赴许婚筵。如此妄自尊大的人又为什么答应了婚事，专来邀请你去参加许婚筵呢？这其中必另有原因。我儿应将此原因搞清楚再去。现在正值春季，马群瘦弱，你不如借口须照料马群，等马群膘满后再去，如此推辞拒绝为妙。"成吉思汗听从了蒙力克的劝告，决定不亲自赴筵，只派不合台、乞剌台前往。成吉思汗从蒙力克父亲那里返回了本营。不合台、乞剌台到达那里后，桑昆等人商量说："咱们的计划被识破了，咱们明天早晨就去包围抓捕他吧！"

阿勒坛的弟弟也客·扯连①将桑昆要包围抓捕帖木真的消息带回了家里,说:"大家已议定,明天早晨围捕帖木真。若有人将此消息告诉帖木真,不知会得到帖木真怎样的回报呢!"他的妻子阿剌黑赤惕听了他的话,说:"你胡说些什么? 不怕有人听了会当真吗?"他俩说这话时,恰巧他们的牧马人巴歹②来给他们送马奶,他听到后,回去将这些话告诉了同伴牧马人乞失里黑③。乞失里黑说:"我再去探听探听。"说完,他就到也客·扯连家里去了。到了那里时,也客·扯连的儿子纳邻·客延正在帐外磨箭,他对乞失里黑说:"刚才在商议时说过,谁将商议的内容泄露出去,就割去谁的舌头,可这又能堵住谁的嘴呢?"纳邻·客延又向他的牧马人乞失里黑吩咐道:"把篾儿乞惕人的白马、白嘴枣骝马抓来拴上,明天要早早地出发呢。"

乞失里黑回来对巴歹说:"你刚才说的已得到证实,果然是真的。现在咱们去报告成吉思汗吧!"说完,他俩去把篾儿乞惕人的白马、白嘴枣骝马抓来拴好。晚上,他俩在帐里杀了一只羔羊,烧了床板木头煮了肉,吃完后,便骑着篾儿乞惕人的白马和白嘴枣骝马,连夜赶往成吉思汗那里。从成吉思汗大帐的后面,巴歹、乞失里黑两人将也客·扯连说的话、他儿子纳邻·客延说的话以及将篾儿乞惕人的白马、白嘴枣骝马抓来拴住的事,全部向成吉思汗报告了。巴歹、乞失里黑又说:"承蒙大汗恩典,不要怀疑我俩所说的话,他们确已议定,要来包围捉拿大汗!"

听到这个消息,成吉思汗对巴歹、乞失里黑深信不疑,立即通知身边的亲信,抛下所有多余的东西,轻装前进。他们沿着卯·温都儿山(在今

----

① 阿勒坛的弟弟也客·扯连:阿勒坛是合不勒汗的第五子忽阑之子,也客·扯连是合不勒汗第四子忽图剌汗之子,因此他俩是堂兄弟的关系。注意,此也客·扯连为蒙古乞颜氏人,不可和成吉思汗的妃子也速干、也遂的父亲,塔塔儿人也客·扯连相混淆。

② 巴歹:王汗被灭后,他受封为答剌罕。蒙古建国后,他受封千户长。

③ 乞失里黑:蒙古斡罗纳儿氏人。王汗被灭后,与巴歹同受封为答剌罕。蒙古建国后,他受封千户长。后从征西域、西夏等地。

蒙古国哈拉哈河上游努尔根河附近）北面行进，让兀良合惕氏人者勒篾·豁阿（即者勒篾的美称）在后面担任放哨，设立了哨望所。向前行进到第二天太阳西斜时分，到达了哈剌·合勒只惕·额列惕沙滩后，停下来休息时，阿勒赤歹①的牧马人赤吉歹·牙的儿边走边牧马时，忽然看到北面沿着卯·温都儿山南面，经过忽剌安·不鲁合惕而来的敌人扬起的尘雾，他意识到"敌人来了"，于是把马群赶回来报告。人们放眼望去，果真看到了卯·温都儿山前的忽剌安·不鲁合惕那里扬起的尘雾，就说道："是王汗追来了！"成吉思汗看到那片尘雾，便派人抓来了马，驮上了东西，立即出发。如果没看到那片扬起的尘雾，可能就要遭到袭击了。

这时，札木合和王汗一起来了。王汗问札木合："儿子帖木真身边，有哪些人善于厮杀？"札木合说："他那里有兀鲁兀惕部众、忙忽惕部众。

他们善于

拼斗厮杀，

转换阵势，

井然有序地

回旋冲杀，

他们自幼，

熟练刀枪，

高擎着花纛、黑纛，

对他们要小心提防！"

王汗听了他的话，说："如果那样，就让合答黑率领只儿斤部勇士们去与他们对阵，让只儿斤部勇士们冲上去厮杀。在只儿斤勇士的后面，让土绵·土别干部的阿赤黑·失仑做后援。在土绵·土别干的后面，让斡栾·董合亦惕氏的勇士们做后援。在斡栾·懂合亦惕的后面，让豁

———————————

① 阿勒赤歹：成吉思汗三弟合赤温的儿子。

里·失列门太师率领我王汗的一千名侍卫军士兵做后援。咱们让我的大中军做千名侍卫军士兵的后援,冲上去!"王汗又说:"札木合弟,你来指挥我们的军队吧!"

札木合听了王汗的话,想出了个主意,便走出去对他手下的士兵说:"王汗让我指挥全军作战。以前我与帖木真安答交手,总战胜不了他。如今王汗让我指挥这支军队,看来王汗远不如我。我让人给帖木真安答传话,让安达坚持抵抗!"札木合暗中传话给成吉思汗说:"王汗问我,帖木真那里哪些人善于拼斗厮杀。我说,应以兀鲁兀惕氏、忙忽惕氏人为首。根据我的话,他命令只儿斤氏部为先锋,以土绵·土别干氏的阿赤里·失仑为只儿斤的后援,在土绵·土别干的后面,以斡栾·董合亦惕为后援,以率领王汗千名侍卫军的长官豁里·失列门太师为董合亦惕的后援,以王汗的大中军做为豁里·失列门的后援。王汗又委托我说:'你来指挥我们的军队吧'。由此看来,王汗是平庸之辈,怎能指挥得了军队呢?以前我与你帖木真安答交战,总敌不过你,王汗却远不如我。安达你不用怕,坚持抵抗吧!"

听了这些话,成吉思汗说:"兀鲁兀惕氏的主儿扯歹伯父,你有什么话要说呢?你来当先锋吧!"主儿扯歹没来得及回答,忙忽惕氏人忽亦勒答儿·薛禅说:"在帖木真安达面前,我去厮杀吧,今后请安答照顾好我家的孤儿吧!"主儿扯歹说:"在成吉思汗面前,我们兀鲁兀惕人、忙忽惕人一起当先锋,去厮杀吧!"说罢,主儿扯歹、忽亦勒答儿两人率领着他们的兀鲁兀惕人、忙忽惕人,在成吉思汗面前列队站好。他们刚摆好了阵势,只儿斤部众作为先锋冲过来了。兀鲁兀惕、忙忽惕士兵迎着冲上去,打败了只儿斤人。正乘胜追击时,土绵·土别干部的阿赤里·失仑率军冲了过来。冲杀间,阿赤黑·失仑把忽亦勒答儿刺伤落马,忙忽惕返身列阵于忽亦勒答儿落马的地方,救护了他。主儿扯歹率兀鲁兀惕人冲杀过来,打败了土绵·土别干部人。正乘胜追击时,斡栾·董合亦惕部人迎面冲杀过来。主儿扯歹又率军打败了董合亦惕人。正乘胜追击时,豁

里·失列门太师率千名侍卫军士兵冲杀了过来。主儿扯歹的士兵又将豁里·失列门的侍卫军士兵打败了。乘胜追击时,你勒合·桑昆未经王汗同意,就率军迎面冲来,他的红脸腮被矛枪刺伤,跌落了马下。桑昆受伤倒下后,克列亦惕人都返身列阵于桑昆倒地的地方,救护了他。

就这样,成吉思汗的军队战胜了王汗的军队,太阳落山时,成吉思汗收兵,把伤倒的忽亦勒答儿带了回来。成吉思汗离开了两军交战的战场,迁到别的地方住宿。

军队在那里驻了一宿,天亮后清点人马时发现,斡歌歹、孛罗忽勒、孛斡儿出三人不见了。成吉思汗说:"斡歌歹与可信赖的孛斡儿出、孛罗忽勒两人一同落伍了,无论生死,他们都不会与我相离。"成吉思汗军队把战马抓起来,拴好,然后夜宿在了那里。成吉思汗说:"如果敌军从咱们后面袭来,就与他们厮杀!"就这样传达下军令,做好了部署。天亮时,看到从后面来了一个人,等这个人走近了一看,才知道是孛斡儿出。孛斡儿出到了成吉思汗跟前,成吉思汗捶着胸说道:"这是天意啊!"孛斡儿出说:"我的马受了伤,跌倒了。乘着克列亦惕人去救桑昆的机会,我徒步逃跑出来时,看到了一匹驮着东西的马,驮着的东西从马背上斜着脱落了,马站住了。我将马驮载的东西抛掉,骑在光板的马鞍上,循着我军的踪迹回来了。"

不久,一个骑马人又向这里走来,像是一个人走来的,只见他两腿下垂着。走到跟前才认出,是斡歌歹和孛罗忽勒两人。他俩是叠骑着一匹马来的。只见孛罗忽勒嘴角有血流出。是因为斡歌歹颈部被箭射伤,孛罗忽勒用嘴吸吮他的瘀血,于是才有血从他嘴角流出来。成吉思汗见到他俩后很是难过,流下了眼泪,立即命人烧火,烙治斡歌歹的伤口,给他喂了马奶,并说:"如果敌人来了,就和他们厮杀!"孛罗忽勒说:"敌人早已沿着卯·温都儿山南面,朝着孛鲁合惕方向,扬起了一片尘雾退去了。"听了孛罗忽勒的报告后,成吉思汗说:"敌人如果来了,就和他们厮杀;如果敌人退败了,咱们就整治军队,追杀他们!"说完,就动身出发,逆着浯勒灰河(即今内蒙古东乌珠穆沁旗乌拉盖河)、失鲁格勒只惕河(即今内蒙古东乌珠穆沁旗色也勒吉河)而行,到达了答阑·捏木儿格思地带。

在那里,合答安·答勒都儿罕抛下妻子儿女,来投归成吉思汗,报告了王汗所说的话:"王汗在他的儿子桑昆红脸颊被刺伤跌落马下时,返回到儿子落马的地方,说:

'与不该与之拼斗的人拼斗,

与不该招惹的人结仇。

亲爱的儿子你啊,

脸上钉上了钉子,

为了儿子你的生命,

只有向前冲不再回头。'

阿赤黑·失仑说:'大汗啊,大汗! 算了吧! 以前,您没有儿子时,我们挂起招牌法幡,"阿拜,阿拜"地诵着祈祷词。如今有了儿子,更应倍加呵护。大部分蒙古人都和札木合、阿勒坛、忽察儿在一起,都在我们一边。与帖木真一起逃出去的蒙古人又能逃到哪里! 现在他们一个人骑一匹马,只能躲在树荫下住宿。如果不来投降,我们就像用衣襟兜马粪一样,把他们捉来!'王汗听了阿赤黑·失仑的话,说:'好吧! 既然如此就算了吧,别再让儿子劳累难受,别剧烈震动车子,好好照顾他吧!'说完,他们就回去了。"

成吉思汗从答阑·捏木儿格思,沿着合勒合河(即今哈拉哈河)出发,清点人数,共两千六百人。其中一千三百人,由成吉思汗率领,沿合勒合河西边行进,另一千三百忙忽惕人则沿合勒合河东边行进,一路储备粮食,围猎野兽。这时,忽亦勒答儿不听成吉思汗的劝告,伤未痊愈就冲着去围猎野兽,致使创伤复发严重而死亡。于是,成吉思汗令人将他的尸骨葬在了合勒合河畔斡儿讷兀山的山崖上。

 # 成吉思汗申斥王汗的故事

(参阅秘史 176—181 节)

成吉思汗听说,在合勒合河(即今蒙古国和中国内蒙古的界河哈拉哈河)流入捕鱼儿海子的地方,驻扎着帖儿格·阿篾勒等部落的翁吉剌惕人,就派遣主儿扯歹率领兀鲁兀惕部人去那里,临行时对他说:"翁吉剌惕部人如果认为,他们自古以来就靠外孙女、姑娘的美貌,而不是靠争夺国土而生存,我们就收降他们;如果他们反抗,我们就进攻他们!"去了后,翁吉剌惕部人果真归降了主儿扯歹。翁吉剌惕人归降了之后,成吉思汗对他们未犯秋毫。

成吉思汗收降了翁吉剌惕人之后,到达统格黎克河一带扎营驻下后,派阿儿孩·合撒儿、速客该·者温两人为使者,并嘱他俩如此对王汗说:"我们在统格黎克河东边驻下了,这里水草丰美,我们的马儿膘肥体壮,特此来告知王汗。"成吉思汗接着嘱他俩如此转告:"我的父汗啊,我们做错了什么,您为何如此嗔怒?让我们如此害怕?您怎么不等您的不肖之子、不肖儿媳睡醒后,再发怒责怪?为什么弄塌我们平平的炕板,为什么弄散我家袅袅的炊烟?为什么如此恫吓我们,我的汗父啊!

您莫非受到了

别人的挑唆？

是否有人

从旁挑拨？

我的汗父啊，我们之间有着怎样的盟誓？在勺儿合勒忽山的忽剌阿讷兀惕·孛勒答兀惕时，咱俩不是一起说过：

即便遭有牙的蛇离间，

咱们也不能分离，

靠牙、嘴说清楚之后，

彼此不再猜忌。

如今我的汗父啊，您是靠牙、嘴和我说清后，才与我分离的吗？你我不是一起说过：

即便被有牙的蛇离间，

咱们也不能分离，

靠嘴、舌相互沟通，

彼此深信不疑。

如今我的汗父啊，您是用嘴、舌与我们沟通后，才与我们分离的吗？汗父啊，我们的部众少，可在您艰难时，我们没有让你求助于部众多的吧！我这个人虽然不好，也没有让您求助那些好人吧！一辆有两条车辕的车，如果其中一条车辕断了，牛就再拉不动它了。我不就像那条断了的车辕吗？一辆有两个轮子的车，如果其中一个车轮子碎了，车就不能走了，我不就像那个碎了的车轮子吗？忆往昔，在您的父汗忽察儿胡思·不亦鲁黑汗去世后，你是他四十个儿子中的长子，做了汗。你做了汗后，杀死了台帖木儿太师、不花·帖木儿的两个弟弟，他的另一个弟弟额儿客·哈剌也将被杀，于是他逃亡投奔了乃蛮部亦难察·必勒格汗。你的叔父古尔汗因为你残杀诸弟，率军前来攻打你。你只率领着百余人，沿薛凉格河而下，钻进了合剌温峡谷。从那里出来后，为了向蔑儿乞惕部表示亲睦，就将自己的女儿忽札兀儿夫人献给了篾儿乞惕部的脱黑

脱阿。你们从山峡里出来后,到了我父汗也速该那里,对我的父汗说:'请你救出被叔父古尔汗掳走的我的百姓!'我的父汗也速该因你来求援,要为你救出部众,便从泰亦赤兀惕部中带着忽难、巴合只两人,率军前去,把正在忽儿班·帖列速惕地区的古尔汗和他身边的二三十人赶入西夏的合申这个地方,救出了您的部众,交还给您。从那里回来后,我的父汗和您在土兀剌河的黑林中结为安答。那时,我的父汗您曾诚心地感激道:'为了你的恩德,我要报答你的子子孙孙! 苍天、大地保佑,垂鉴!'

自从那以后,额儿合·哈剌从乃蛮部亦难察·必勒格汗处请来军队,攻打你们。您抛下部众逃命,带着少数人马投奔合剌契丹(西辽)的古尔汗,到了垂河撒儿答兀勒地区(回回)。不足一年光阴,你又背叛了古尔汗出走,经过畏兀儿、唐兀惕(西夏)等地,回来时已穷困潦倒,靠挤五只山羊的奶,刺骆驼的血为饮食。您骑着一匹瞎眼海骝马行路。获悉汗父您处境如此艰难,念及您与父汗也速该的安答之谊,我就派遣塔孩、速客该二人为使者去迎接,我本人也从客鲁涟河的不儿吉·额儿吉去接您,在古泄兀儿海子边与您相遇。由于您是穷困潦倒而来,我向部众征收忽卜赤儿(实物)接济您。正因为您与我的父汗曾结为安达,咱俩不也是依理在土兀剌河的黑林中结为安答父子吗? 那年冬天,我们将您请到我的古列延供养了你。住过冬季,度过了夏季,到了秋季,我们去攻打篾儿乞惕部的脱黑脱阿·别乞,在合迪黑里黑山的木鲁彻·薛兀勒那个地方,与敌军厮杀,把脱黑脱阿·别乞赶到巴儿忽真·脱古木去了。掳掠了篾儿乞惕百姓,把从他们那里缴获的马群、宫帐、粮食都给了父汗您。不是没让您饥饿挨过中午吗? 不是没让您消瘦超过半个月吗? 后来,咱们协力把古出古惕·乃蛮部不亦鲁黑汗,从兀鲁黑·塔黑山的莎豁黑河,赶过了阿勒台山,沿着兀泷古河而下追击他,终于在乞湿勒巴失湖畔打垮了他。从那里返回时,乃蛮部的大将军可克薛兀·撒卜剌黑在拜答剌黑·别勒赤儿整治军队,与咱们对阵,但因天色已晚,双方约定第二天早晨拼斗厮杀。我的父汗啊,你在你的营地燃起了篝火,夜里却率军逆着合剌·泄兀勒河而行,撤走了。次日清晨,我们发现你们的营地已空无一人。我说:'这些人把我们当做祭祀的供品,抛弃了!'于是我们也撤走了。渡过了额垤儿河、阿勒台河的汇合处,来到撒阿里草原扎营驻下。

可克薛兀·撒卜剌黑大将军追袭您,把桑昆的妻子、儿女、百姓都掳去了。父汗您在帖列格秃山口的百姓、马群、饮食的一半也被他抢夺走了。被你们俘获的篾儿乞惕部的脱黑脱阿的两个儿子忽都、赤剌温乘乱之际,带着他们的百姓,逃往巴儿忽真·脱古木,去和他们的父亲会合。那时,父汗您派人来告知:'我的百姓遭乃蛮部可克薛兀·撒卜剌黑的掳掠,我儿速派你的四杰来拯救吧!'我没有像您那样心生恶念,立即派出孛斡儿出、木合黎、孛罗忽勒、赤剌温·把阿秃儿四人前去救援。在我的四杰到达之前,桑昆在忽剌安·忽惕与敌军对阵,他骑乘的马,腿受了重伤,桑昆几乎被敌军所擒时,四杰赶到,救了桑昆,也救出了他的妻子、儿女、百姓,并全部还给了他。那时,父汗您曾感激地说:'我儿帖木真派遣他的四杰,救回了我失散了的百姓!'如今,父汗啊,我有什么过错,你要怪我呢?请派遣使者明示!请派忽巴里·忽里、亦都儿坚两人前来吧。如果这两人来不了,就派其他一人来吧。"

王汗听了这些话后,说:"唉,我老糊涂了!我没有与我儿分裂的道理,却与我儿分裂了,我不该做与我儿分裂的事,却做了与我儿分裂的事。"他心里很难过,便发誓说:"今后见到我儿,如果再生恶念,就像现在这样出血而死!"说罢,他用剟箭扣的刀子刺破小拇指,把流出的血盛在一个小桦木桶里,对阿儿孩、速客该两使者说:"将它交给我儿帖木真!"说完,便打发两使者回去了。

成吉思汗又派阿儿孩·合撒儿、速客该·者温去对札木合说:"你见不得我和父汗和睦相处,离间了我和父汗!以前咱俩曾经有约,谁早晨起得早,谁就用父汗的青酒杯喝马奶。我起得早,喝到了马奶,你却嫉

炉。如今,你可以用父汗的青酒杯畅饮了,可又能喝多少呢!"

成吉思汗又派阿儿孩·合撒儿、速客该·者温去对阿勒坛、忽察儿两人说:"你俩背弃了我,是想公开背弃,还是暗中背弃?忽察儿,你是捏坤太师的儿子,我们让你做汗,你不肯做。阿勒坛,你的父亲忽图剌汗掌管过国家政权,我们让你继承父业做汗你也不肯。薛扯、泰出两人,是合不勒可汗长子的后裔,我劝你们做汗,你们都不肯做,却都让我做汗,我才做了。如果你们做了汗,我为你们做先锋,去袭击敌人,那样,

会得到上苍的保佑,

掳掠到仇敌,

掳掠到姑娘、美女,

掳掠到骏骑。

围猎野兽时,

会将山崖上的野兽,

围猎得前腿挨前腿;

会将沟壑里的野兽,

围猎得后腿挨后腿;

会将原野上的野兽,

围猎得肚皮挨肚皮。

如今,你们诚实地与我的父汗做伴友吧!"

成吉思汗又派阿儿孩·合撒儿和速客该·者温对安答桑昆说:"我是父汗所生的穿着衣服的孩子,你是父汗所生的赤裸着身子的孩子,父汗对我俩同等呵护!安答桑昆你嫉恨我介入你们父子之间,就把我赶走了。现在,你不要让父汗忧心,早晚出入要宽慰他。你放不下旧日的私仇,难道在父汗在世时就想做汗吗?不要让父汗心里难受!"

桑昆听了向他转达的这些话后,说:"他几时称呼过父汗为父汗呢?不是总称作老屠夫吗?他几时称呼过我为安答呢?不是总是说我是脱

黑脱阿巫师屁股后面的回回羊的尾巴①吗？我懂得他这些话的用意，这是在发生厮杀前的话语。必勒格·别乞、脱朵延两人，你们把战旗树起来！把战马喂肥!"阿儿孩·合撒儿回来后，向成吉思汗禀述了桑昆的这些话。

---

① 回回羊的尾巴句：这是一句较难理解的古谚。学人们对它的理解不是很一致。译者较同意某些学者的这样一种理解——成吉思汗用此来比喻桑昆从一开始就追随脱黑脱阿，根本就没有把成吉思汗作为安答来对待。因此，根据前文来分析，"回回羊的尾巴"比喻的就是"追随者"。

歼灭克列亦惕部的故事

（参阅秘史 182—188 节）

不久，成吉思汗被王汗军队打败，他率领部众迁移到巴勒渚纳湖①一带扎营驻下。在那里驻扎下来以后，遇到了豁罗剌思氏的搠斡思·察罕，那些豁罗剌思人不战而降。在那里，有个回回人哈桑，从汪古惕部阿剌忽失·的吉惕·忽里地区来。他骑着一峰白驼，赶着一千来只羯羊，顺着额儿古涅河而下，去收购貂鼠和灰鼠皮。他在巴勒渚纳湖饮羊时，与成吉思汗相遇了。

成吉思汗住在巴勒渚纳湖畔时，合撒儿把自己的妻子和三个儿子也古、也松格、秃忽抛在王汗处，只身带着几个人逃出来，去寻找哥哥成吉思汗。他沿着合剌温·礗都山诸山岭艰难行走，但未能找到。他饥饿难耐时，吞食着野兽的生皮和筋。一直走到巴勒渚纳湖边，才与成吉思汗相遇。合撒儿的到来，使成吉思汗非常高兴。兄弟两人经商议，决定要

① 巴勒渚纳湖，在今内蒙古东乌珠穆沁旗东北部，在乌拉盖河、色也勒吉河附近。在这里，成吉思汗度过了他一生最为艰苦的时期，留下了后人世代传颂的成吉思汗艰难创业的佳话。此时期，由于战争的失败，成吉思汗身边只有十几个忠贞的追随者。他们同饮浑水，立下誓约。经过艰苦奋战，辗转南北，终于赢得了重与王汗部决战的时刻。

派使者去见王汗,于是派遣沼兀里也惕部人合里兀答儿①、兀良合惕部人察兀儿罕②两人前去,要以合撒儿的名义对王汗说:

"遥望兄长帖木真,

却见不到他的身影。

踏着他的踪迹,

却寻不到他的路径。

尽管我大声呼喊,

他却听不到我的音声。

我披星露宿荒野,

我枕土睡在草丛。

我的妻子、儿子都在父汗处,若再蒙父汗信任,我要回归父汗处。"然后又和合里兀答儿、察兀儿罕约定说:"你俩走后,我们随即出发到客鲁涟河的阿儿合勒·苟吉,你们返回时,我们就在那里会合。"如此约定好后。合里兀答儿、察兀儿罕上路。成吉思汗命主儿扯歹、阿儿孩为先锋,自己率众从巴勒渚纳湖向客鲁涟河的阿儿合勒·苟吉进发。

合里兀答儿、察兀儿罕两人到达了王汗那里,把前述的所谓合撒儿的话向王汗转达了。王汗毫无戒备。当时王汗正搭建了金帐,举行宴会。听了合里兀答儿、察兀儿罕两人的话,王汗说:"既然那样,就让合撒儿回来吧,我派亲信亦秃儿坚去接他。"

他们三人到达约定的阿儿合勒·苟吉时,王汗的使者亦秃儿坚看到成吉思汗布下的浩大阵势,就往回逃跑。合里兀答儿的马快,追上了他,却不敢捉拿他,就前前后后地围堵他。察忽儿罕的马慢,在亦秃儿坚后面一箭射程的地方射出一箭,射中了亦秃儿坚的金鞍黑马的臀尖,黑马坐在了地上。于是,合里兀答儿、察兀儿罕上前活捉了亦秃儿坚,将他押

---

① 合里兀答儿,合撒儿的"那可儿",即亲兵。

② 察兀儿罕,为者勒篾的胞弟,合撒儿的"那可儿",即亲兵。

送到成吉思汗跟前。成吉思汗没有和亦秃儿坚说话，只是吩咐道："交给合撒儿，由他发落！"押送去后，合撒儿也没有和亦秃儿坚说话，便将他就地处斩，抛尸荒野。

合里兀答儿、察兀儿罕两人又向成吉思汗禀述："现在，王汗毫无戒备，正搭起金帐，沉于宴饮。咱们应该赶紧换骑疾驰，连夜兼程而行，去包围袭击他们！"成吉思汗同意了他们的意见，就派主儿扯歹、阿儿孩两人做先锋先行，全军随即也连夜兼程前往，赶到了者折额儿·温都儿山的折儿山峡的山口，包围了王汗的驻地。双方厮杀了三天三夜之后，王汗的军队投降了。可是王汗、桑昆却不见了踪影，不知他们在黑夜是怎么逃出去的。指挥王汗军队的战将是只儿斤部的合答黑·把阿秃儿。合答黑·把阿秃儿前来投降，对成吉思汗说："我怎能眼看着自己的汗主被捉去杀死？为了他能逃离，有保全性命的机会，我才率军厮杀了三天三夜。现在汗主已经逃离了。若赐我一死，我就去死；若蒙恩赦，我愿为你效力！"成吉思汗嘉许了合答黑·把阿秃儿的话，说道："不忍舍弃汗主，为了让汗主逃离以保全性命，宁可让自己与敌军厮杀。这是一条真正的好汉！值得和他做伴友！"遂恩赦了他。

为了恩赐忽亦勒答儿此次捐躯战场，成吉思汗降旨："让合答黑·把阿秃儿和一百个只儿斤部人为忽亦勒答儿的妻子、儿子们效劳。这些人今后若生了男孩，就让他世世代代为忽亦勒答儿的子子孙孙效劳，若生了女孩，她的父母不能随意把她嫁出，要在忽亦勒答儿的妻子、儿子身前身后，听候使唤。"

为了恩赐忽亦勒答儿·薛禅首先请缨有功，成吉思汗降旨："为了铭记忽亦勒答儿的功勋，忽亦勒答儿的子子孙孙可享受孤儿抚恤恩典。"

克列亦惕百姓被征服后，被分给了成吉思汗的各部落。因为速勒都歹氏的塔孩·把阿秃儿有功，就赐予了他一百个只儿斤部人。王汗的弟弟札合·敢不有两个女儿，成吉思汗娶了其长女巴合·别吉，次女莎儿合黑塔泥·别吉嫁给了托雷。因此，札合·敢不得以保全其所属百姓不被掳掠,札合·敢不本人也被称为了成吉思汗的第二条车辕。

成吉思汗又降旨:"巴歹、乞失里黑两人有功,将王汗的全副金帐、金酒具、器皿赐予他俩,将王汗的仆役也赐予他俩,让克列亦惕部的汪豁只惕人做他俩的护卫军。让他们俩

佩带弓箭,

赴筵饮酒。

世世代代,

吉祥幸福。

进攻敌人,

获得财物。

围猎野兽,

永远富足。"

成吉思汗又降旨:"巴歹、乞失里黑两人对我有救命之恩,我蒙上苍保佑,征服了克列亦惕人,我登上了高位。今后继承我汗位的人,要永远牢记他们的恩德。"

掳获的克列亦惕人,被分给各部众,任何部众也不缺少。掳获的土绵人,被分给各部众,任何部众都很充足。掳获的斡栾·董合亦惕人,不到一天,就被分给了各部众。生性好勇斗狠的只儿斤部的勇士,各部落没有都能分得。灭掉克列亦惕部的那年,成吉思汗的军队就驻扎在阿卜只阿·阔迭格里地区过冬。

王汗、桑昆两人从战地馨身逃出,到了的的克·撒合勒的捏坤河一带。王汗口渴,去找水喝时,误入了乃蛮部的哨望所,被大将军豁里·速别赤所擒。王汗对豁里·速别赤说了"我是王汗",但豁里·速别赤不认识他,也不相信他,于是就在那里将王汗杀死了。桑昆没有向的的克·撒合勒捏坤河走去,而是绕到外面,进入荒原去寻找水。他看到一群野马站在那里,便下马去窥视。桑昆是和他的马夫阔阔出、马夫的妻子三人同行。桑昆将自己的马交给马夫阔阔出牵着,没想到马夫牵着桑昆的

马往回走。这时,他的妻子说:"汗主穿金衣,吃美食时,不是常说你是'我的阔阔出'吗?如今你怎么背弃你的汗主逃跑呢?"妻子说完,站在那里不走了。阔阔出说:"你是想让桑昆做你的丈夫吧?"听到这话,妻子说:"你把我看成了像断了脊梁骨的狗一样的女人吗?你把那金盂留给他,让他舀水喝吧!"于是,马夫阔阔出说:"给,给你金盂!"他说完,将金盂向后一扔,打马疾驰而去。

马夫阔阔出到了成吉思汗跟前,说:"我将桑昆抛弃在荒野了!"他又向成吉思汗讲述了他和妻子所说的那些话。成吉思汗听后降旨:"奖赏他的妻子!马夫阔阔出如此抛弃自己的汗主,谁能与这样的人为伴友?这样的人怎么可以信任?"说完,便命人将他斩杀了!①

100

①　关于桑昆的结局,诸史料记载各异。有的记载,他后来逃往西夏、吐蕃,后逃到西域曲先(今新疆库车),被龟兹国领主所杀。有的记载,他逃到西域可失哈儿(今新疆喀什),被合剌赤部一领主擒获,将其送交成吉思汗处置。这个领主也归顺了成吉思汗等等。

纳忽山之战的故事

（参阅秘史 189—196 节）

乃蛮部的塔阳汗①的母亲古儿别速②听到王汗被杀后，说："王汗以前可是年迈的大可汗。把他的头颅拿来，如果真的是他，咱们应当祭祀！"说完便派使者到豁里·速别赤那里割下并取来了王汗的头颅。经确认后，将王汗头颅放在白色的大毡上，让儿媳们行了儿媳之礼，献酒奉盏，奏乐祭祀。正行祭祀礼仪时，王汗的脸突然笑了起来。这一笑，惹怒了塔阳汗，他上去将王汗的头踏碎了。这时，大臣可克薛兀·撒卜剌黑说："你们把已死去的大汗的头颅割下请来，然后又将头颅踏碎，这样做不应该吧？咱们的狗，已吠出恶声。从前，亦难察·必勒格汗曾说过：'我的妻子还年轻，我做丈夫却已年迈。儿子塔阳，是祈祷神灵后才生下来的。他生性懦弱，能管得了乃蛮部，能管得了这么多的属民吗？'狗吠出如此恶声，我们的古儿别速哈屯的法令倒是如此严厉强

---

① 塔阳汗，原名"合不花"，乃蛮王亦难察·必勒格汗的长子，继承王位，遂称塔阳汗。塔阳，即汉语"大王"的音转。

② 古儿别速，原为必勒格汗的年轻宠妃。必勒格汗死后，合不花继承王位，遂收取古儿别速为妃。这种历史上曾多次出现的婚姻称为"收继婚"。

悍,我的塔阳汗,你除了行猎放鹰,再无什么心智技能!"塔阳汗说:"听说东方有一些蒙古人,那些百姓用弓箭胁迫年迈的大汗王汗,将他吓得出逃,后来死去。如今,他们想当可汗了。朗朗苍穹,日月可以同辉,茫茫大地,怎容两个可汗共存? 我们去进攻降服那些蒙古人!"塔阳汗的母亲说:"你们要去做什么? 那些蒙古人身上散发着恶臭气味,身着又黑又脏的衣服,最好让他们远远地离开! 只把他们的容貌清秀的姑娘、媳妇掳来,让他们洗干净了手脚,去挤牛奶、羊奶吧!"塔阳汗傲慢地说:"这有什么难的! 咱们去攻打那些蒙古人,去收缴他们的弓箭吧!"

可克薛兀·撒卜剌黑听了这些话,说道:"唉,你们光会说大话! 懦弱的汗啊,这样做怎么行啊? 还是别这样吧!"塔阳汗没有听从他的劝告,派遣了一个叫脱儿必·塔失的使者,到汪古惕部对其部主阿剌忽失·的吉惕·忽里①说:"听说东方有那么一些蒙古人,请你出兵为右翼,我从这里出兵夹击,咱们将他们的弓箭夺来!"阿剌忽失·的吉惕·忽里回答说:"我不能出兵做右翼!"说完,把使者遣送了回去后,又派出一个名叫月忽难的使者,去对成吉思汗说:"乃蛮部的塔阳汗要夺走你的弓箭,他要我做他的右翼,我没答应。现在我派使者提醒你,务看守好你的弓箭!"当时,成吉思汗在帖篾延草原(即今内蒙古克什克腾旗达里湖以北)狩猎,合围于秃勒勤·扯兀惕地方。听了阿剌忽失·的吉惕·忽里的使者月忽难转告的话后,成吉思汗在围猎中与众人商议:"咱们该怎么办?"众人说:"咱们的战马瘦弱,现在该怎么办?"成吉思汗的胞弟帖木格·斡惕赤斤那颜说:"怎么能以战马瘦弱来推辞! 我的战马是肥壮的,听到这样的消息,岂能稳坐不动?"别勒古台那颜说:"活着的时候,让人把弓箭夺走,这样的人活着又有什么用! 身为男儿,死也要让尸骨与

---

① 阿剌忽失·的吉惕·忽里:汪古部主,曾出兵参与灭乃蛮部,蒙古建国后,受命管领汪古五千户,娶成吉思汗女儿阿剌海·别吉为妻,并随成吉思汗军攻金。后被其部下所杀。

自己的弓箭一起埋葬,除此还有什么选择?乃蛮人依仗国强人众,就敢如此说大话,我们正应该乘此机会进攻他们,夺取他们的弓箭,这不在话下。现在我们向他们发起进攻,他们来不及赶走他们的马群,来不及带走他们的宫帐,他们的众多百姓也会躲进山林里出不来了。他们既然说了如此大话,咱们岂能稳坐不动?应该上马进攻!"

成吉思汗对别勒古台这番话表示首肯,停止了狩猎,从阿卜只合·阔帖格儿起程,到达了合勒合河的斡儿·讷兀,并在那里的客勒帖孩山崖安营驻下。成吉思汗清点了人马,按每千人组成一个千户,委派了千户长、百户长、十户长,又委派了朵歹、多豁勒忽、斡各列、脱仑、不察阑、雪亦客秃等六名扯儿必①。组编了千户、百户、十户之后,又委派了八十名客卜帖兀勒②,七十名土儿合兀惕③,并挑选了客失可田④,选拔了千户长、百户长的子弟和自由民子弟入队,选拔其中有技能、身体相貌好的人入队。成吉思汗向阿儿孩·合撒儿降旨:"选一千名勇士,作战时在我的前面厮杀,平时就做我的客失可田中的侍卫!七十名土儿合兀惕由斡格列扯儿必担任首领,与忽都思·合勒潺共同商议行事。"

成吉思汗又降旨:"弓箭手、侍卫、轮番护卫、司膳、门卫、管理战马的马夫,白天在位值勤,日落前向宿卫移交公务,骑战马出去住宿。夜间,宿卫卧在庐帐周围。门卫轮流站立守门。次日早晨用膳时,侍卫向宿卫报告移交公务。弓箭手、侍卫、司膳、门卫都要坚守岗位执事,就位而坐。值勤三天三夜后,休息三夜,再行执事。夜间要有宿卫卧于庐帐周围值宿。"

组编了千户,委派了扯儿必,命八十名宿卫、七十名侍卫轮流执勤,命阿儿孩·合撒儿选拔了勇士之后,成吉思汗就从合勒合河的斡儿·讷

---

① 　扯儿必:蒙古大汗的近侍官。
② 　客卜帖兀勒:意为夜间军队卧宿时的宿卫。
③ 　土儿合兀惕:意为白天值班时的卫士。
④ 　客失可田:意为轮流值班的卫士。

兀的客勒帖孩山崖，出征乃蛮部去了。

　　鼠儿年(甲子，1204)孟夏四月十六日红圆月日，成吉思汗军祭旗出征，者别、忽必来两人为先锋，逆客鲁涟河而上，到达了撒阿里草原。这时，乃蛮部哨兵在康合儿罕山(即今蒙古国杭爱山)上与成吉思汗的哨兵相遇，互相追逐起来。乃蛮哨兵捉住了成吉思汗哨兵处的一匹鞴着破鞍的瘦弱的枣红马。于是乃蛮哨兵相互议论道："蒙古人的马很瘦弱！"成吉思汗的军队到达撒阿里草原后，在那里停了下来，互相商议道："该怎么作战？"朵歹·扯儿必建议成吉思汗："咱们的人马少，且一路颠簸，已十分疲惫。现在应停歇下来，喂饱战马。咱们在撒阿里草原分散开来，扎营驻下，让每个士兵各点燃五堆篝火，用火光虚张声势，惊吓敌军。乃蛮部人马众多，但他们的塔阳汗从未远离过家，是个娇生惯养的懦夫。堆堆篝火让他们惊恐犹豫之际，我们的战马就吃饱了。战马吃饱后，咱们追击乃蛮的哨兵将他们赶到军营中，趁他们慌乱之时，我们冲杀进去。这样做可以吗？"成吉思汗同意了他的意见，遂下令："全军士兵点燃篝火！"于是，成吉思汗军队在撒阿里草原散开扎营，每个士兵燃起了五堆篝火。夜间，乃蛮哨兵在康合儿罕山上看见了许多火堆的光，便说道："不是说蒙古人很少吗？他们点燃的篝火怎么比天上的星星还多啊！"他们把捉住的那匹鞴着破鞍的瘦弱的枣红马给塔阳汗送去，并禀告说："蒙古人的军队布满了撒阿里草原，而且与日俱增。他们点燃的篝火堆，比天上的星星还多！"

　　此刻，塔阳汗正在康合儿罕山区的合池儿河边，听到哨兵的汇报，就立即派人对他的儿子古出鲁克汗说："蒙古人的马瘦弱，但听说他们点燃的火堆，比天上的星星还多，看来蒙古人很多呢。如果现在与他们交战，恐怕难以摆脱困境。

　　如若相互交战，

　　他们会厮杀得不眨眼睛。

　　即使刺伤他们的脸，

也定会向前猛冲。

即使黑血流淌，

也有着不退缩的坚定。

如此刚硬的蒙古人，

是否现在与他们交锋？

蒙古人的战马瘦弱，我们不妨先让部众退过阿勒台山（即今新疆地区阿尔泰山），整训好军队，再像逗引狗那样，将蒙古人引诱到阿勒台山下。我们的战马肥壮，正好一路消消食，以利于驰骋。在蒙古人的战马疲乏时，我们迎头痛击他们！"听了这些话后，古出鲁克说："像妇人一样，塔阳汗没有胆量，竟说出这样的话！蒙古人大部分都跟了札木合，就在我们这里。真也是

没走出过孕妇撒尿的射程，

没走出过放牛犊的牧场，

竟派人送来这样的话语

塔阳汗像妇人般没有胆量！"古出鲁克狠狠辱骂了父亲后，就打发使者回去了。

塔阳汗听到被儿子如此辱骂的话语，说道："傲慢的儿子古出鲁克啊，与敌军拼杀时别失去勇气力量就好，一旦与敌人厮杀，可就难以摆脱困境了！"听了这话，塔阳汗手下的大那颜豁里·速别赤说："你父亲亦难察·必勒格汗遇到对等的敌人时，从未让敌人看到他男子汉的脊背、战马的后胯。如今，在一天的早晨，你怎么就胆怯起来？早知你如此胆怯，还不如让你的母亲古儿别速合屯统领军队呢！唉，可惜，可克薛兀·撒卜剌黑已经老了。为什么我们的军队的军规已松垮？是蒙古人的时运来了？唉，不行了！懦弱的塔阳汗，你真是无能之辈！"说完，他敲打着箭筒，骑马离去。

那时，塔阳汗愤怒地说："若活着也是受罪，就和死了没什么两样！既然如此，就去拼命厮杀吧！"说完，他就从合池儿河出发，顺着塔米儿河

而下,渡过了斡儿洹河,沿着纳兀山东麓,到了察乞儿·马兀惕地区。成吉思汗的哨兵看到了他们,就去报告说:"乃蛮人来了!"成吉思汗听到这个消息后,下达命令:"若来的人多,作战时要让他们损失得多,若来的人少,要他们的损失得少!"他说完骑着马迎了上去,驱逐着乃蛮人的哨兵。他指挥着军队摆开阵势时说道:"像灌木丛般地前进,像海子样地摆开阵势,像凿子一样地进攻!"成吉思汗亲任先锋,命合撒儿率领中军,命斡惕赤斤那颜掌管换骑的战马。乃蛮人从察乞儿·马兀惕退却到纳忽山前,并在山脚下摆好了阵势。于是,成吉思汗的士兵驱赶着乃蛮人的哨兵,将他们赶到了纳忽山前他们的大中军里。塔阳汗见此情景,向前来和乃蛮人一起参战的札木合问道:"那些人像冲入羊群,驱赶着羊群进入羊圈的狼,他们是些什么人?"札木合答道:"是帖木真安答和他用人肉喂养、用铁索拴着的四条猛犬。驱赶我军哨兵的那些人,就是他们。那四条狗:

　　铜铸似的额头,

　　锥子样的舌头,

　　有钢铁般的心,

　　凿子一样的嘴。

　　那四条猛犬,

　　饮朝露解渴,

　　乘疾风行走,

　　他们以环刀为鞭。

　　在厮杀的日子里,

　　吃的是人肉。

　　在拼斗的日子里,

　　以人肉为糇粮。

这四条猛犬,如今被放开了铁索,因没有了束缚而高兴,凶猛地追来了!"塔阳汗问:"那四条狗是谁?"札木合说:"是者别、忽必来、者勒篾、速别勒台这四个人。"塔阳汗说:"这样的话,离那些家伙远一点!"说着就往后退,将队伍撤到了山上。

塔阳汗又看到,在者别等人的后面,有些人欢跃着围成圈冲来,于是又向札木合问道:"那些人像早晨被放出的马驹,吸吮着母马的奶,围绕在母马的周围,欢跃着跑来。他们是谁?"札木合说:

"他们在追杀拿枪的男人,

追杀杀过他们、夺过他们财物的人,

在追杀手持环刀的男人,

追杀砍倒过他们、夺过他们财物的人,

他们是兀鲁兀惕、忙忽惕人。

现在他们追杀着,

欢快地跳跃而来。"

塔阳汗说:"如果是那样,就离那些家伙们远点吧!"于是他率军撤退,把阵地移到了山上。

塔阳汗又向札木合问道:"在那些人的后面,那个像饥饿的鹰在扑食的人是谁?"札木合答道:"来的正是我的安答帖木真!

他浑身上下,

以生铜铸成,

用锥子刺也找不到缝。

他浑身上下,

用生铁锻成,

用针扎也找不到缝。

我的安答帖木真恰似饿鹰扑食,他凶猛地冲过来了!您看到了吧?乃蛮部的伙伴不是曾说过,如果遇到蒙古人,要将他们斩尽杀绝,连一只山羊羔的蹄子也不留下吗?现在你们不是看见了吗?"塔阳汗听了,说:"哎呀,好可怕!快将阵地再往山里撤退吧!"于是塔阳汗又将军队往山里撤退了。

塔阳汗又向札木合问道:"跟在帖木真后面的,那个冲过来的人是谁?"札木合说:"那是诃额仑母亲用人肉喂养的儿子合撒儿。

拽动三头牤牛,

也不在话下;

吃掉一头三岁牛,

也难以果腹。

他身高三庹,

身披三层铠甲,

暴戾凶猛的合撒儿,

冲来的人正是他。

把带弓的人,

整个吞食下去,

也碍不着他的喉咙;

将带箭的男儿,

整个吞食下去,

也不够他食用。

他发怒弯弓,

射出的分叉箭,

能穿透远山,

将十人、二十人射穿;

他发怒弯弓,

射出的飞箭,

能越过旷野,

将搏斗的人个个射倒;

他大力弯弓,

能将箭射出九百庹远;

他小力弯弓,

能将箭射出五百庹远。

他生来与众不同，

是吃人的蟒古斯，

他就是拙赤·合撒儿，

逼来的人正是他！"

塔阳汗说："要是那样的话，咱们就继续撤退，撤到山上更高处吧！"于是塔阳汗率军将阵地移到山的更高处。

塔阳汗又问札木合："在他们的背后，来的又是什么人？"札木合说："他是诃额仑母亲最小的儿子，他叫斡惕赤斤·帖木格。

他睡得很早，

他起得很晚，

在拼斗时冲在前面，

上阵时不落在后面！"

塔阳汗说："要是那样的话，就把阵地撤到山顶上去吧！"

札木合对塔阳汗说了这些话后，就离开了乃蛮部，并派人去对成吉思汗说："塔阳汗听了我所说的那番话后，已吓得发了昏，遭我口诛斥骂后，逃离了阵地，

惊慌逃离，向山上撤退。安答，你应下定决心。他们已经爬到山顶上去了，已没有了反抗能力，我也已离开了乃蛮部。"

傍晚时分，成吉思汗率军包围了纳忽山，安营驻扎了下来。那夜，乃蛮人争相逃命，不少人从山崖上坠落下来，摔断了骨头，摞在了一起，相压而死。次日早晨，塔阳汗束手就擒。古出鲁克汗因在别处，才得以带领少数人马逃脱。他在塔米儿河畔安营扎寨，负隅顽抗。当成吉思汗军队追来时，他没守住阵地，便又继续逃亡。成吉思汗在阿勒台山阳，征服了乃蛮部众。跟随札木合的札答阑、合答吉、撒勒只兀惕、朵儿边、泰亦赤兀惕、翁吉剌惕等部众，也在那里相继归顺了成吉思汗。

　　成吉思汗将塔阳汗的母亲古儿别速带来,对她说:"你不是曾说蒙古人身上有恶臭气味吗？如今你怎么来了?"说完将她纳为了自己的妃子。

征服篾儿乞惕部的故事

（参阅秘史 197—199 节）

就在鼠儿年（甲子，1204）秋天，成吉思汗在合剌答勒·忽札兀儿地区，与篾儿乞惕部脱黑脱阿·别乞交锋，在撒阿里原野打败了脱黑脱阿，掳获了他的百姓、部众。脱黑脱阿和他的两个儿子忽都、赤剌温带着少数人马逃亡了。

篾儿乞惕部溃散后，豁阿思·篾儿乞惕部的答亦儿·兀孙带上了自己的女儿忽阑，要将她献给成吉思汗，途中，他们父女被把阿邻部落的纳牙阿那颜军队拦截。答亦儿·兀孙对纳牙阿那颜说："我要去将女儿献给成吉思汗。"纳牙阿听了，说："咱俩一起去把你的女儿献给成吉思汗吧。在这兵荒马乱的时候，你只身一人送女儿去那里，如在途中遭遇军队，说不定你会丧命，你女儿会被糟害！"于是，他们在那里停留了三天三夜，纳牙阿那颜和答亦儿·兀孙带着忽阑①一起去拜见成吉思汗。成吉思汗见到他们，对纳牙阿那颜说："你为什么让忽阑姑娘在路上停留三天

---

① 忽阑，她做了成吉思汗妃子后，生有一子名叫阔列坚。由于宠爱忽阑。成吉思汗曾将阔列坚视为嫡子，封赐给他四千户，并派老将忽必来辅佐他。元太宗时阔列坚受封河间四万五千户。其后裔世袭河间王。

蒙古秘史故事 MGMSGS

三夜?"成吉思汗正要对纳牙阿严厉审讯,严加惩处时,忽阑说:"纳牙阿曾劝我的父亲说:'我是成吉思汗的大那颜,咱们一起去把你的女儿献给成吉思汗吧,因为现在兵荒马乱的!'如果我们遇到的不是纳牙阿,不是有可能被别的军队擒获吗?唉,在危难时,多亏遇上了纳牙阿。如今,要问罪纳牙阿,不如验证上天所赐、父母所生的我的肌肤……"

纳牙阿被审讯时说道:

"臣一心敬仰大汗,

从未起过二心,

遇到了外族的

漂亮的女子,

一心要献给安答,

献给大汗您!

若有三心二意,

臣死也心甘情愿!"

成吉思汗对忽阑的话表示首肯,当天就对她进行了查验,证实了她所说的不假,于是她得到了成吉思汗的恩宠。当天也证实了纳牙阿所说的不假,便赞赏说:"这是讲真话的老实人,以后可以委以重任!"

征服了篾儿乞惕百姓,掳获了脱黑脱阿长子忽都①的两个妃子秃孩和朵列格涅。成吉思汗将朵列格涅赐给了斡歌歹。篾儿乞惕的少数人叛变逃离,并建立了台合勒山寨据守,与成吉思汗军队抗衡。成吉思汗降旨:"命锁儿汗·失剌的儿子沉白②为首领,率左翼军去征讨负隅顽抗的篾儿乞惕人。"

脱黑脱阿·别乞和他的两个儿子忽都、赤剌温带着少数人马逃亡,

---

① 脱黑脱阿的长子其实是脱古思·别乞,但他于1202年,在王汗军队击溃蔑儿乞惕部时被杀,次子忽都遂成长子。

② 沉白:速勒都思氏人,锁儿罕、失剌之子。

成吉思汗率军前去追击,在阿勒台山阳扎营过冬。

牛儿年(乙丑,1205)春天,成吉思汗率军越过阿来岭,向脱黑脱阿追击。

失去了部众而逃亡的乃蛮部的古出鲁克汗带着少数人马逃亡流窜,此刻,他与篾儿乞惕的脱黑脱阿相遇,他俩决定将双方兵马联合在一起,在额儿的失河(即今新疆、哈萨克斯坦的额尔齐斯河)的支流不黑都儿麻河的源头整顿军队。成吉思汗军队追击而至,在那里与他们对阵厮杀,脱黑脱阿被乱箭射中毙命。他的儿子们不能带走他的尸骨,就把他的头颅割下来带走了。乃蛮人、篾儿乞惕人虽联手与成吉思汗厮杀,但终于也未能取胜。他们在逃亡渡过额儿的失河时,大部分人溺水身亡。侥幸渡过额儿的失河的少数乃蛮人和篾儿乞惕人四散逃亡。乃蛮部的古出鲁克汗经过畏兀儿、合儿鲁兀惕部落的领地,逃到回回地区的垂河(即今哈萨克斯坦、吉尔吉斯斯坦的楚河)畔,投奔了合剌·契丹的古尔汗。脱黑脱阿的儿子忽都、合勒、赤剌温等率军经过康里、钦察部落的领地向西逃去。

成吉思汗从那里回师,越过阿来岭回到故地老营,驻扎下来。这时,沉白已率众讨平了据守在台合勒山寨的篾儿乞惕人。于是,成吉思汗下令,对篾儿乞惕人,该杀的斩杀,再将剩下的篾儿乞惕人分配给了各部。以前曾投降成吉思汗的篾儿乞惕人,有的也在各营中反叛,各部落中的阔脱臣①镇压了他们。成吉思汗说道:"让他们住在一起,他们却反叛了!"于是,将这些篾儿乞惕人分散安插在各部。

就在牛儿年(乙丑,1205),成吉思汗命速别额台率领铁车军队去追袭脱黑脱阿的儿子忽都、合勒、赤剌温等人。临出征前,成吉思汗嘱咐速别额台说:"当心脱黑脱阿的儿子忽都、赤剌温等人,在逃跑时会返身

---

① 阔脱臣,蒙古语,意为牵从马者。从马,即备骑用的马。常以家奴、仆役充任牵从马者。

回射！

　　他们已成了被杆套中的马，

　　他们已成了被箭射中的鹿。

　　即使他们变成有翅的鸟，

　　飞向了高高的天空，

　　无敌的英雄速别额台，

　　难道你不能变成海东青，

　　冲向蓝天将他们擒获！

　　即使他们变成旱獭，

　　挖洞钻入地下，

　　精明的英雄速别额台，

　　难道不能变作铁锹，

　　掘地追捕他们！

　　即使他们变作鱼儿，

　　在湖海中遨游，

　　大将军速别额台，

　　难道不能变作渔网，

　　去水中捞捕他们！"

　　成吉思汗又向他下达命令：

　　"英雄速别额台，

　　命你越过高山，

　　命你渡过大河，

　　不停地奔驰向前。

　　要念及路途遥远，

　　珍爱战马，

　　在它未消瘦时尽心；

　　珍惜粮草，

在它未用尽时节俭。

战马消瘦再珍爱，

粮草用尽再节俭，

恐怕为时已晚。

在行军途中，

野兽一定很多，

狩猎时要有节制，

应虑及征途遥远。

万勿使士兵，

将野兽斩尽杀绝。

为补充军粮，

只可适度围猎。

士兵骑马赶路，

要尽量卸掉鞍鞴，

要尽量摘掉嚼辔，

缓步行进向前。

如制定这样的纪律，士兵骑马怎会肆意奔驰？如有人违反纪律，定要杖责惩处。违令者如是朝廷所熟悉的人，可押解到朝廷惩处；违令者如果是朝廷不熟悉的人，可就地惩处！

即便泅渡大河，

也应恪守纪律；

即便翻越高山，

也要统一意识！

若承蒙苍天保佑，赐我们力量，要是能擒住脱黑脱阿的儿子们，不要将他们押解回朝廷，可将他们就地惩处！"

成吉思汗又向速别额台下达指令：

"今命你去远征，

是因为我年轻时，

蔑儿乞惕人，

将不峏罕·合勒敦山，

包围了三次，

威胁过我的生命。

这样与我有深仇的部众，

如今叫骂着离去，

而且还反复叫嚣，

要与我们再决雌雄！

常言道，抵长之尽，达深之底。为了让你穷追到底，我为你修造了铁

车，派你在这牛儿年出征！

你虽离我远去，

但仍像在我的眼前，

你虽远征他乡，

但仍像在我的身边!

你若牢记我的我的嘱托,就会获得上苍的保佑!"

速别额台率领铁车军队,追击着脱黑脱阿的儿子忽都、赤刺温等部,终于在垂河岸边将他们全部歼灭。

札木合结局的故事

（参阅秘史 200—201 节）

征讨乃蛮部、蔑儿乞惕部时，曾与乃蛮人在一起的札木合的部众，也被成吉思汗的军队掳获了。札木合和他的五个伴友一起沦为了劫匪。

一天，他们登上了傥鲁山（即今位于西藏、青海的唐努拉山），杀了一只羱羊烧着吃时，札木合对伴友们说："这时，谁家的儿子能杀一只羱羊，吃得这么香呢？"他们正吃羱羊肉时，五个伴友上去制服了札木合，并将他押送到成吉思汗那里。札木合让人对成吉思汗说：

"那些黑色的乌鸦，

将紫色的鸳鸯，

捕获到了。

低贱的属民，

将他们的汗主，

擒获在手。

可汗安答啊，

你说该怎么办？

低能的鸟儿，

将水中的蒲鸭，

捕获到了。

奴婢家仆，

围捕了本主，

将他擒获在手。

圣主安答啊，

你说如何是好！"

成吉思汗听了札木合的这些话后，下令道："怎么可以容忍属下对本汗主下手呢？那样的人，谁能与之为伍？对本汗主下手的人，对其要灭门斩杀！"于是，当着札木合的面，将押送札木合的那几个伴友杀死了。

成吉思汗对札木合说："如今咱俩又相会了，咱们还是相伴为友吧！

都是车前一只辕，

在相伴为友时，

你却心生邪念，

竟离我而去。

如今又在一起，

应相互提醒劝勉。

熟睡不醒时，

提醒对方莫再酣眠。

以前你我虽曾分离，

但是咱们两个安答，

毕竟是洪福齐天，

在生死存亡之际，

你仍将我惦念。

你虽离我而去，

可在战争的岁月里，

你仍将我挂在心间。

在与敌人拼杀的日子里，

你仍将我惦念。

如果要问那是什么时候，就是我与王汗在合剌·合勒只惕沙漠交战之时，你曾派人将王汗的话告诉了我，提醒了我。这是你的功劳。在纳忽山与乃蛮人交战的时候，你用譬喻的方法，对乃蛮人口诛斥骂，扬显了我军的威武，使他们未战先败，这也是你的功劳！"

札木合听了后，说："想当年，正值年轻，咱俩在豁儿豁纳黑草原结为安答。

同衾而眠，

同室而居，

一起吃掉过

消化不完的食物，

一起说过了

永志不忘的话语。

后因他人挑唆，

咱俩分道扬镳，

对你安答可汗，

我说过嫉妒的话语。

对待安达可汗，

我曾离你而去。

心中虽将誓言牢记，

可不敢厚着脸皮，

再去亲近你。

虽想见到可汗

那温暖的面容，

却总是无颜见你。

每想起说过的话语，

我羞赧难言。

对于有恒心的安答，

想见到你宽容的脸，

可总是羞愧不已。

如今大汗仍愿与我结为伴友，我却不愿与你结拜。如今的安答啊，

已平定了天下，

已将邻邦兼并，

已荣登大汗尊位，

我与你结为伴友，

于你又有何益？

只怕黑夜里，

我闯入你的美梦，

只怕白日里，

我成为你的心病。

我会成为你衣襟上的刺，

我会成为你衣领上的虱虫。

我生来一身毛病，

曾心生恶念离开你，

曾踏上错误的路径。

在这一生中，我与安答两人，从日出之地到日落之地，名声斐然。安答你有贤明的母亲，生下你这位豪杰。你有才智出众的胞弟们，有众多的豪杰伴友，手下有七十三个骏马般的勇士，因此我败在安答手下。我自幼失去父母，没有兄弟，没有可信赖依靠的伴友，只有一个爱嚼舌根的妻子。因此，承天命被你安答所败。蒙安答降恩，赐我一死，以安我安答之心！只求安答能赐我不流血而死！

将我的尸骨，

埋葬在高地。

我长期守望，

你的后代子息，

保佑他们，

祝福他们！

我是你旁支近族所生，

面对高贵血统安答的威严，

我永远折服于你！

不要将我的话忘记，

你们早晚间要提起，

要将我的话记在心里。

现在速赐我死去！"

听了札木合的话，成吉思汗说道："我的安答虽曾离我而去，却没听他对我们说过恶毒的话语。他身上也有值得学习效仿的品质。可他不愿活下去，只求赐他一死。我也为此占卜，可他的这一请求，卦象并没有显示。无故害他性命，也不合情理。因此，可否向他讲述这样的理由：以前，我的属下拙赤·答儿马剌和他的属下给察儿因抢夺马群而发生争端，札木合率军于答阑·巴勒渚惕地区攻伐我军，将我军逼入者列捏峡谷。如今我要与他结为伴友，他不肯，我要爱惜他的生命，他却只求一死。现在只好依他请求，赐他不流血而死！"

成吉思汗降旨："处札木合不流血而死①，不得曝尸荒原，以礼入葬！"于是，将札木合装入皮袋，使他窒息身亡，尸体得以厚葬。

————————

① 不流血而死：蒙古族及某些北方民族的古代民俗中，很忌讳人出血而亡。对于这种习俗，学者们也多有研究。有人认为，这主要与原始宗教信仰和牧业生活习惯有关。原始宗教认为，血是人的灵魂赖以存在的地方。另，宰牲的生活习惯，使人们很不愿意看到流血身亡的现象，等等。

失吉忽秃忽获恩赐的故事

（参阅秘史 202—203 节）

平定了毡帐百姓，于虎儿年（丙寅，1206）蒙古部落在斡难河源头，竖起了九斿白旄纛①，成吉思汗被拥立为大汗。在那里，木合黎受封为国王称号。者别受命出征，去追袭乃蛮部的古出鲁克汗。成吉思汗整治了蒙古百姓后，下达命令，组编千户，对建国有功者授封千户长。

成吉思汗共封授九十五名千户长后，说道："还要对九十五名千户长中有特殊功勋者赐予恩典。孛斡儿出、木合黎等那颜前来！"这时，失吉忽秃忽②正在宫帐内，成吉思汗对他吩咐道："你去召他们进帐！"失吉忽秃忽说："孛斡儿出、木合黎等人立的功比谁多？他们出的力比谁大？若要赐予恩典，我立下的功勋难道少吗？

从我在摇车里时，

就迈入你家高门槛，

---

① 九斿白旄纛，蒙古帝国的旗徽，王权的象征。中间是一支大的白苏力德，周围有八支小的白苏力德组成。苏力德，已见前注。

② 失吉忽秃忽，诃额仑的养子之一，塔塔儿部人，已见前注。

直至下巴长出胡须，

没起过三心二意。

自童年尿在裤裆时起，

就迈入你家金门槛，

直到嘴边生出胡须，

始终未犯过大错。

我卧在你的脚后，

被你当做儿子养育；

我卧在你的身边，

被你当做胞弟抚育。

你将什么恩典向我赐予？"

成吉思汗听了这话，对失吉忽秃忽降旨道："你不是我的六弟吗？我将按照封赐诸胞弟的礼仪，对你封赐位序。因为你的功劳多，赦免九次

犯罪不予惩处!"又降旨道:"蒙苍天保佑,平定了天下百姓后,你可以充当我的耳目。依照以分民授封我的母亲、胞弟、诸子的礼仪,也将一部分毡帐百姓、有门板的百姓分给你。这些分给你的百姓,不可违背你的意志。"成吉思汗又对失吉忽秃忽说:"对全国百姓,你可以惩处盗贼和欺诈者,按照规矩,该处死的处死,该治罪的治罪。"于是,成吉思汗封他为最高断事官,并降旨:"对全国百姓财物分发情况、所有的诉讼案,都要写在'青册'①上。凡是失吉忽秃忽和我议定的条规,都写在'青册'的白纸上,代代相传,不得擅改,擅改者定要治罪!"

失吉忽秃忽说:"我是一个义弟,怎可能取得大汗胞弟的身份地位?若蒙圣恩,可赐我一些城镇百姓,盼大汗恩准!"成吉思汗听了,答道:"此事你可自行酌定。"失吉忽秃忽自请而获恩准后,就去宣召孛斡儿出、木合黎那颜进宫帐了。

---

① 青册,蒙古帝国的"户籍青册",青即黑,是指用黑字写在白纸书册上的户籍册。

成吉思汗恩赐封赏众臣僚的故事

（参阅秘史 204—223 节）

成吉思汗对蒙力克父亲降旨道："您与我同生共长，您洪福齐天，对我的功德无量，其中有一件事情，那就是王汗、桑昆父子俩曾要谋害我，便施伎俩哄骗我去他们部落。途中在蒙力克家住宿，多亏了蒙力克劝阻，告诉了我事情真相，否则我定会身陷水深火热之中。我非常感念您的恩德，直至子子孙孙也不会忘记。我非常感念你的恩德，今日特设此座位，请您就座！请您每年每月来此议政。我向您敬献俸禄，直至您的子子孙孙，永世享有！"

成吉思汗又对孛斡儿出降旨道："年轻时，我的八匹银合马被盗抢，我追赶了三天，在途中有幸遇到了你。那时，你说：'我愿陪伴艰难困苦中的伴友！'你没来得及将此事告诉你的家人、父亲，把挤马奶的皮囊、皮筒扎起来扔在荒野，让我把所骑的秃尾草黄马放开，换骑你的黑背白马，你骑了一匹草黄快马，把你的马群丢弃在野外不管，陪我火速追赶我的八匹银合马。从那里，我俩追赶了三天，到了被盗抢走的银合马所在的营地，我俩将营地边缘的骟马赶了回来。你的父亲是纳忽·伯颜，你是他的独生子。你为什么肯以我为伴友,怎么肯陪我去追赶被盗抢走的马?那是因为你有真诚侠义的胸怀。从那以后,我常想念你,便派别勒古台请你来,我要与你结为伴友。你得知后,立即带上青色的毛衫,骑乘着弓背草黄马,来与我结为了伴友。当三姓蔑儿乞惕人来袭时,我被逼围着不峏罕山跑了三圈。你也陪着我绕山跑了三圈。之后,在答阑·捏木儿格思地区,与塔塔儿人交战,双方对峙,驻扎了下来。那时,日夜大雨不止。夜里,你为了我能安稳入睡,便站在我的身边,张开披毡遮住我的身子,不让雨水淋湿我。一整夜,你支着一只腿站立,只换过一次腿。足见你具有英雄的侠义品德。对你的侠义行为,我述说不尽。孛斡儿出、木合黎两人常劝诫我,要牢记止恶扬善。正是如此践行你们的谏言,我才登上汗位。如今,你理当荣居众人之上,享九次犯罪亦赦免的待遇。今封你掌管依傍阿勒台山的右翼万户!”

成吉思汗又对木合黎说道:“我们曾在豁儿豁纳黑草原,在欢庆忽图剌汗即位的枝繁叶茂的大树下驻扎时,木合黎将上苍预示的先兆告诉了我,于是使我想起你的父亲古温·兀阿说过的话。为此,我要让木合黎位居众人之上。封你为国王,负责掌管依傍合剌温·只敦山的左翼万户!”

成吉思汗对豁儿赤①说:“你曾向我告知苍天先兆。从我年轻时至今,你我同在潮湿中经受折磨,同在寒冷中历经苦难。你像一尊福神跟随着我。那时,你曾说过:‘若我所说的能够应验,上苍让你做了国主,你就让我选三十个妻子。’如今,你所说的话已应验,应该恩赐封赏你。你可以从归附我的百姓中,选三十个美女为妻。”于是向豁儿赤降旨道:“在三千户把阿邻人的基础上,再添加由塔孩、阿失里两人统管的阿答儿斤

---

① 豁儿赤:尼伦蒙古巴阿邻氏人,萨满巫师,关于他的身世,可见前“帖木真被拥立为汗的故事”等节。

部的赤那思、脱斡劣思、帖良古惕等部人①，凑足一万户，归豁儿赤统管，在额儿的失河畔居住的森林百姓处驻扎镇守。"同时宣布："凡森林百姓，未经豁儿赤允准，不得随意行动，违者严加惩处！"

成吉思汗对主儿扯歹说："要说你的功劳，是在合剌·合勒只惕沙漠战役中，与克列亦惕人厮杀的时候，当我窘迫得一筹莫展之时，忽亦勒答儿主动请缨，但主儿扯歹完成了忽亦勒答儿要做的事情。作战时，主儿扯歹率军向只儿斤部人、土别干部人、董合亦惕部人、豁里·失列门台吉（台吉，即太子）的千名侍卫军等主力冲上去，战胜了他们，冲到了他们的大军前，用箭射中了桑昆的红腮，终于使苍天保佑的大门被打开了。如果那时桑昆的腮未被射中，其后果不堪设想。这正是主儿扯歹立下的功勋！离开那里，我们沿合勒合河迁徙而下时，我已将主儿扯歹看作了庇护我军的一座高山。在你的庇护下，我们到了巴勒渚纳湖畔，饮到了湖水。从巴勒渚纳湖出发，以主儿扯歹为先锋，去征讨客列亦惕部。蒙苍天大地的保佑，我们讨平了客列亦惕部的百姓。由于灭掉了客列亦惕这个重要的部落，乃蛮人、蔑儿乞惕人大惊失色，不敢迎战我们而四散溃逃。蔑儿乞惕人、乃蛮人逃亡时，客列亦惕部的札合·敢不因奉献出他的两个女儿，才得以保全了自己的亲戚、百姓。后来，札合·敢不又叛离而去。是主儿扯歹巧施计谋引诱，将他擒获，也再次掳获了他的部众。这是主儿扯歹立下的又一次功劳！"

　　在征战的日子里，

　　　他拼命厮杀；

　　在拼斗的日子里，

---

　　①　脱斡劣思、帖良古惕：脱斡劣思，森林狩猎部落，原住贝加尔湖东南、色楞格河东北地区，后被豁儿赤西迁至阿尔泰地区。帖良古惕，森林狩猎部落，原住鄂毕、叶尼塞两河上游地区，其后裔帖列乌特人今住俄罗斯戈尔诺·阿尔泰自治州。

他舍命冲杀。

于是,成吉思汗将爱妃亦巴合·别吉赐给了主儿扯歹,并对亦巴合·别吉说道:

"不是嫌你性行笨拙,

不是嫌你容貌不美,

我将怀中的你,

我将身旁的你,

我的爱妃,

赐给了主儿扯歹,

是出于长远的考虑。

在与敌人拼杀的时候,

主儿扯歹是我们的盾牌,

面对凶恶敌人的时候,

主儿扯歹掩护着我们,

他把我们离散的百姓聚集,

他把我们溃散的部众拢聚!

念及他立下的功勋,才将你赐予了他。今后,我的子孙继承了汗位,也要牢记这个有功之臣,永远不违背我的话,直到子子孙孙。永不废掉亦巴合的位子。"

成吉思汗又对亦巴合说:"你的父亲札合·敢不,曾给你二百个陪嫁人以及阿失里·帖木儿、阿勒赤黑两名厨子。如今你要去兀鲁兀惕部了,就将你的阿失里·帖木儿厨师和一百个陪嫁人员留下来吧!"于是就留下了那些人。

成吉思汗对主儿扯歹降旨道:"把亦巴合赐给你了。你去统管兀鲁兀惕部的四千人众吧!"

成吉思汗对忽必来①说:"你为我扼住了大力士的脖颈,你为我压住了搏克手的臀部。忽必来、者勒蔑、者别、速别额台,你们四个是我的四条猛狗!

当我指派你们时,

你们到了指派的地方,

把那里的坚石摔得粉碎,

把那里的山崖冲得粉碎,

把那里明亮的石头击碎,

阻断了那里的河水!

忽必来、者勒蔑、者别、速别额台四人,我的四条猛狗,到我指派的地方去,将孛斡儿出、木合黎、孛罗忽勒、赤剌温·把阿秃儿这四杰留在身边,让主儿扯歹、忽亦勒答儿两人率兀鲁兀惕人、忙忽惕人护卫在我的面前,这样我才可以安心!"

成吉思汗又对忽必来说:"由你来统管军队。"又说:"大将军别都温②性情执拗,我为此曾责怪他,也未封他为千户长。你素与他交好,你俩去共同管辖一个千户,有事互相商量。以后我们可以考察他的品行。"

成吉思汗针对格你格思人忽难,对孛斡儿出、木合黎、朵歹、多豁勒忽说:"忽难是黑夜中的雄狼,

是白日里的乌鸦,

我军迁徙时他不停下来,

我军驻扎下时他不走开,

---

① 忽必来,出现在"帖木真被拥立为汗的故事"。尼伦蒙古巴鲁剌思氏人。与者勒蔑、者别、速别额台为成吉思汗的"四狗",屡建战功。蒙古建国后,受封千户长。后被委派辅佐成吉思汗庶子阔列坚,成为阔列坚封地的千户长。

② 别都温:朵儿边氏人,全名"抹赤·别都温",曾出现在"帖木真被拥立为汗的故事"。

对于外邦敌人

他不给好的颜面，

对于仇恨的敌人，

他从不温柔相待。

凡事不能不与忽难、阔阔搠思两人商议后再行动。拙赤是我的长子，忽难要率领格你格思人，做拙赤手下的万户长。"

成吉思汗又说："忽难、阔阔搠思、迭孩①、兀孙老人这四个人，都不对我隐匿所见所闻。"

成吉思汗对者勒蔑降旨："在斡难河畔，我刚出生时，札儿赤兀歹老人背着鼓风皮囊，带着他的儿子者勒蔑，来到不峏罕·合勒敦山，送给我一件黑貂皮褡裤。从那时起，者勒蔑做了我的伴友，做了我家门限内的守门仆役。者勒蔑立下了很多功劳，他与我共同成长。为报貂皮褡裤之恩，有福运的者勒蔑当享有九次犯罪而不受惩罚的待遇。"

成吉思汗对蒙力克的儿子脱栾降旨："你们父子俩每人各统领一个千户吧！在收聚我失散的百姓时，你如同你父亲的一只臂膀，尽心效力。由于你收聚我失散的百姓有功，现封你为扯儿必，将你收聚的百姓自行统领，自成一个千户，可与秃鲁罕互相商议行事。"

成吉思汗对司膳汪古儿说："蒙格秃·乞颜的儿子汪古儿，你与脱忽刺兀惕氏三家、塔儿忽惕氏五家、敝失兀惕人、巴牙兀惕人组成一个古列延。你汪古儿，

在大雾中不迷失方向，

战乱时没有离我而去，

在潮湿中与我共同经受折磨，

在寒冷中与我共同经历苦难。

如今你想得到什么赏赐？"

---

① 迭孩：尼伦蒙古别速惕氏人。

汪古儿说道:"如今让我选择赏赐,那就这样,我的巴牙兀惕氏的兄弟们已分散在各部落里,若蒙汗恩,我愿把我的巴牙兀惕氏的兄弟们聚拢到一起。"

成吉思汗听后,降旨道:"准许巴牙兀惕氏兄弟们聚在一起,组成一个千户,此千户就由你来统管。"又降旨:"汪古儿、孛罗忽勒二人,为左右两厢司膳,使右边立坐着的人都不短缺食物,使左边排列的人都不短缺食物。那样,我才可以大胆用餐,安下心来了。现在,汪古儿、孛罗忽勒两人就前去给众人发放食物吧!"又说:"举行盛大酒宴时,汪古儿、孛罗忽勒坐在酒宴席两边,料理食物,而脱栾等人可面北居中而坐。"成吉思汗就这样给他们指定了座次。

成吉思汗对孛罗忽勒降旨道:"我的母亲将从敌人的营地拾得的失吉忽秃忽、孛罗忽勒、古出、阔阔出四人收于膝下,

提着你们的颈项,

使你们长得和别人一样高,

提着你们的锁骨,

使你们变得和男子汉一样。

你们做了我的伴友,

对我的母亲的养育之恩,

你们都已有了回报。

孛罗忽勒和我做了伴友,

急行军时遇到雨夜,

他未曾让我空腹而宿;

与敌军厮杀的时候,

他总能让我喝到肉汤而宿!

征服了杀害我祖父的仇敌塔塔儿百姓,为了报仇雪恨,把比车辖高的塔塔儿人斩尽杀绝时,有个塔塔尔人合儿吉勒·失剌,逃出去做了劫

匪，但由于贫穷饥饿，又走了回来，进了我母亲的帐房里说：'我是来向您讨施舍的！'母亲说：'若是真的来讨施舍，就坐到那边吧！'于是他坐在了床榻的右边。那时，我的小儿子拖雷刚刚五岁，他从外面走进了帐里，又立即走出去时，合儿吉勒·失剌起身把拖雷夹在腋下就往帐外走，边走边拔出刀来！当时，正坐在帐东面的孛罗忽勒的妻子阿勒塔泥听到了母亲的呼喊声'我的孩子没命了'，便立即跑出帐外，追上了合儿吉勒·失剌，一手揪住他的发辫，一手抓住他的手腕，用力一拉，他手中的刀掉在了地上。这时，者台、者勒蔑两人正在帐房后面宰杀一头秃角黑牛，他俩听到了阿勒塔泥的呼叫声，手上沾着牛血，拿着斧子赶来，将塔塔儿人合儿吉勒·失剌砍倒，将他杀死。

之后，阿勒塔泥、者台、者勒蔑三人为了得到对拖雷施救的首功而发生了争执。者台、者勒蔑二人说：'如果我俩不赶紧跑来，将合儿吉勒·失剌杀死，阿勒塔泥你一人怎么奈何得了他！没有我们，拖雷就会遇害。首功应归我俩所有！'阿勒塔泥说：'如果你们没听到我的喊声，怎么会及时赶来！如果不是我及时追上他，揪住他的发辫，抓住他握着刀的手，使劲摇动，使刀掉落在地，者台、者勒蔑你俩即使赶到，拖雷也会被杀害的！'双方各自说完后，首功最终授予了阿勒塔泥。

另外，在与客列亦惕人在合剌合勒只惕沙漠交战时，斡歌歹因颈脉被箭射伤而跌倒。是孛罗忽勒用嘴吸吮了他伤口的瘀血，夜里陪护在他身边。次日清晨，斡歌歹因伤重不能骑马，是孛罗忽勒把他抱在身前，两人叠骑着马，仍用嘴吸吮着他伤口的瘀血，血染红了他的嘴唇。他终于救回了斡歌歹，把他送到了家。孛罗忽勒报答了我的母亲对他的养育之恩，救了我的两个儿子的性命，立下了功劳！孛罗忽勒和我结为伴友，听到我的召唤就立即回应，从不延误。孛罗忽勒理应享受九次犯罪亦不受惩罚的待遇！"

成吉思汗对兀孙老人说："兀孙、忽难、阔阔搠思、迭该这四个人，从不向我隐瞒所见所闻，会将知道、想到的事如实对我说。在蒙古国制、官

制方面,有做别乞的体制。把阿邻氏为长子后裔,在亲族中由尊长担任别乞。兀孙老人,你是把阿邻氏为长的子孙,理应做别乞。做了别乞,要穿白衣,骑白马,坐上座,主祭祀,卜测年月吉凶。"

成吉思汗又降旨道:"我的安答忽亦勒答儿,在战争中捐躯,他率先请缨有功,其子子孙孙应享受抚恤孤儿的恩典。"

成吉思汗对察罕·豁阿的儿子纳邻·脱斡邻勒降旨道:"你的父亲,为我而英勇奋战,在答阑·巴勒渚惕沙漠战役中,被札木合杀害。现在,脱斡邻勒因其父亲有功,应享受抚恤孤儿的恩典!"脱斡邻勒回禀:"我的涅古思氏兄弟们分散在各部落中,若蒙汗恩,我愿将涅古思氏的兄弟们聚拢在一起。"成吉思汗降旨:"既然如此,你就将涅古思氏的兄弟们收聚吧,捏古思氏人今后由你和你的子子孙孙世袭统领!"

成吉思汗对锁儿罕·失剌说:"我幼年时,曾遭泰亦赤兀惕人塔儿忽台·乞邻勒秃黑兄弟们的嫉恨,被他们擒获。锁儿罕·失剌让他的儿子赤剌温、沉白、女儿合安达将我藏匿,后来将我放了回来。你们的恩德,我在睡梦中,在白日里常常思念不忘。你们从泰亦赤兀惕部投奔我,时间晚了一些。如今,我要赏赐你们,不知你们想要得到什么。"锁儿罕·失剌和他的儿子赤剌温、沉白回禀:"若蒙汗恩,我们希望能自由自在地驻牧在蔑儿乞惕人的薛凉格河地区草场营地。至于其他,唯汗命是从。"于是,成吉思汗降旨:"你们可以在蔑儿乞惕人薛凉格河地区牧场自由自在地驻营,直到子子孙孙。可以佩带弓箭,可以参加宫廷酒宴,可享与宗王平等的喝盏礼遇,可享九次犯罪而不受惩罚的待遇。"

成吉思汗又向赤剌温、沉白两人降旨:"我常记起赤剌温、沉白以前说过的话。总想如何报答你们的恩德。赤剌温、沉白,你俩如有想说的话,有什么要求,不必通过别人代陈,可亲自向我诉说。"

成吉思汗又对锁儿罕·失剌、巴歹、乞失里黑①三个达尔罕赐恩：

"征伐众多的敌人时，

如果掳掠了很多财物，

全归你们所有；

放鹰猎捕野兽时，

如果猎杀的野兽很多，

全归你们享用。"

又说："锁儿罕·失剌原是泰亦赤兀惕人脱朵格的属民，巴歹、乞失里黑原是也可·扯连的牧马人，如今你们都是值得我信赖的近臣，可佩带弓箭，享喝盏的礼遇，可自由自在地享乐！"

成吉思汗对纳牙阿说："失儿古额秃老人和他的两个儿子阿剌里、纳牙阿，曾把塔儿忽台·乞邻勒秃黑捉住，押送给我，在途经忽秃忽勒地区的时候，纳牙阿说：'咱们怎能背弃自己的汗主，将他押送给成吉思汗？'于是，你们于心不忍，便将他放了。你们父子三人来到后，纳牙阿对我说：'我们捉住了汗主塔儿忽台·乞邻勒秃黑，在将他押送到这里的途中，于心不忍，便将他放了。我们来此，只是一心为成吉思汗效力，若将汗主擒住，并将其押送到这里，今后怎能被人信任？'那时，我便认为你们深明大义，对你所说的话大为赞许。我曾答应对你委以重任。如今，孛斡儿出统领了右翼万户，木合黎享国王称号，统领左翼万户。现在，你纳牙阿就去统领中军万户！"

成吉思汗又说："者别、速别额台二人可在自己收聚的百姓的基础上，组成千户，由你们统领。"

成吉思汗命牧羊人迭该，把各处无户籍的百姓聚集在一起，组成一个千户统领。

---

① 巴歹、乞失里黑：这两个人的身世故事，见"哈剌·合勒只惕之役的故事"。

　　木匠达尔罕古出古儿①统领的百姓不足,成吉思汗命再从各处收聚百姓,补充给他。他素与答阑部人木勒合勒忽相处得很好,于是成吉思汗降旨:"古出古儿、木勒合勒忽二人统领一个千户,相互商议行事。"

---

　　① 古儿古出,别速惕氏人,迭孩的胞弟。在帖木真称帝前,投奔了帖木真,任修车匠人。多年忠诚为帖木真效劳。蒙古建国后被封千户长。

成吉思汗治国理政的故事

（参阅秘史 224—229 节）

与成吉思汗共同建国，共同经历苦难的功臣，被一一任命为千户长，每千户人被编为一个千户，设千户长、百户长、十户长。组建了万户，委任了万户长。各万户长、千户长中，凡应得到恩赐的，都对其给予了恩赏。成吉思汗降旨道："以前，我只有八十个宿卫，七十个轮值侍卫，如今，凭借苍天的力量，天地所赐的威势，平定了全国百姓，天下已归我统管，如今可从各千户中选人做我的轮值侍卫、宿卫，选侍卫、宿卫、弓箭手万人。"

依照成吉思汗的旨意，从各千户长、百户长、十户长的儿子中挑选了人。以前的八十名宿卫，扩充至八百名。成吉思汗说："可在八百名的基础上扩充到一千名。"又说："被选入宿卫队者，不得对其阻挡！"又降旨道："也可·捏兀邻①为宿卫长，掌管千人的宿卫队。"从各千户挑选来的侍卫，已达八千名；宿卫、弓箭手，已达二千名。轮值护卫士已达一万名。

成吉思汗降旨："在我们的身边要有一万名轮值护卫士做大中军！"

---

① 也客·捏兀邻:此人氏族、事迹不详。有学者猜测,此人可能是蒙力克的儿子。

成吉思汗命令,分四班轮值白天的侍卫,其长官委派如下:"不合①管领一班轮值护卫士(客失克田),整治其轮值护卫士入值;阿勒赤歹②管领一班轮值护卫士,整治其轮值护卫入值;朵歹·扯儿必③管领一班轮值护卫士,整治其轮值护卫入值;多豁勒忽·扯儿必④管领一班轮值护卫士,整治其轮值护卫入值。"之后,又宣布有关入值的圣旨:"入值时,一班的长官(怯薛)亲自清点其该班轮值护卫士,入值三天后,更换另一班。轮值护卫士中若有人误班未到,则误班者应受杖责三下的惩罚;第二次误班,则受杖责七下的惩罚;若该人身体无病,又未向长官请假,第三次误班,则受杖责三十七下的惩罚。且说明该人不愿为汗效力,当流放远方。各班长官应反复宣谕轮值护卫士。若未加宣谕,应对各长官治罪;既已宣谕,而仍误班者,则应对误班者治罪。"

成吉思汗又降旨道:"各班长官不得依仗长官地位,未经我允许就擅自处罚和你们同样为我效力的轮值卫士,对于违令者,可禀告朝廷,当斩者由我下令处斩,当杖责者可令其卧倒受杖责。若各长官依仗自身地位,擅自责打与自己同样为我效力的护卫士,该杖责者受杖责,该拳打者受拳打!"

成吉思汗降旨道:"我轮值护卫士的地位,高于在外执事的各千户长;我的阔脱臣(牵从马者)的地位高于在外执事的百户长;在外执事的千户长若想攀比到与我的轮值护卫士同等地位,并因此而发生斗殴时,则应惩处该千户长。"

成吉思汗又向各班长官降旨道:"弓箭手(豁儿臣)、侍卫(秃儿合兀惕)白天入值执勤,按各自职务行事,日落之前向宿卫(客卜帖兀勒)交

---

① 不合:木合黎的胞弟。
② 阿勒赤歹:札剌亦儿部人。斡歌歹的王傅亦鲁该的亲族。
③ 朵歹·扯儿必:此人身世不详。
④ 多豁勒忽·扯儿必:忙忽惕部落人,者台的胞弟。在帖木真称帝前即与胞兄一起投奔了帖木真。

班,出外住宿。宿卫则于宫帐内值夜。弓箭手将弓箭,司膳(保兀儿臣)
把食具交给宿卫后,离开宫帐。在外住宿的弓箭手、侍卫、司膳,在第二
天早晨我用膳时,坐在拴马桩旁等候,并通知宿卫准备换班,待我用膳结
束后,即可进入。弓箭手执弓箭侍卫,值其岗守,司膳管理膳具,司其职
守。各班护卫士皆应恪遵此规则行事。"又降旨道:"日落之后,若有人穿
越宫帐随意行走,宿卫可将其拘捕,待次日早晨由宿卫审讯。宿卫换班
时,入值者必须交验符牌方可进入宫帐,离值者交班后方可走出宫帐。
宿卫夜间立于宫帐周围,护守在宫帐门口,如遇见夜间私闯宫帐的人,可
击破其头颅,砍断其肩膀!如有急事须夜间报告者,必须先告知宿卫,然
后与宿卫一起站在宫帐后,再行禀报。"又降旨:"无论何人,不得坐在宿
卫之前。未得宿卫允许,谁也不得进入宫帐。谁也不准打问宿卫人数。
谁也不得随意在宿卫前面行走,或在宿卫间穿行,违禁者宿卫可将其拘
捕。有随意打问宿卫人数者,宿卫可将其当日所骑乘的马,连同鞍辔及
他本人所穿的衣服全部没收。"又说道:"额勒只格歹虽系我的亲信,但夜
间在宿卫面前行走,也应遭逮捕!"

成吉思汗的宿卫的故事

（参阅秘史 230—234 节）

成吉思汗赐予他的宿卫赞词：

"在阴云密布的夜里，

在汗宫庐帐的周围，

护守我的老宿卫们，

让我得以安眠，

拥戴我成为了

君临天下的大汗！

在星光璀璨的夜里，

在汗宫庐帐的周围，

守护我的有福运的宿卫，

使我得以安眠，

使我登上宝座成为大汗！

在风雪交加的夜里，

在令人战栗的寒冷中，

在大雨倾盆的夜里，

在有编壁的庐帐周围，

至诚的宿卫守护着我，

站立着未曾歇息，

使我能安心就寝。

在来势汹汹的敌群中，

在有幪毡的庐帐周围，

忠诚可靠的宿卫们，

两眼不眨地将我守卫。

我的桦皮箭筒，

稍有一丝响动，

我的动作敏捷的宿卫，

就列队向我赶来。

当我的柳木箭筒，

稍有一丝响动，

我的健步如飞的宿卫，

就立即向我赶来。

我的有福运的宿卫，

是我的老宿卫。

与斡格列·扯儿必①，

同编组入队的七十名侍卫，

可称为大的侍卫。

由阿儿孩·合撒儿②

———————

① 斡歌列：即字斡儿出的堂弟。

② 阿儿孩·合撒儿：札剌亦儿氏人，成吉思汗的四大使臣之一。注意，他不是成吉思汗的弟弟合撒儿。

亲自率领的勇士们，

是我的老勇士。

也孙·帖额①、不吉歹②为首的

一个个弓箭手，

堪称是大的弓箭手！"

成吉思汗说："对于从九十九个千户中选出的一万名贴身轮值护卫士，今后继承汗位的子子孙孙都要不断地想到他们，视他们为珍宝，不能让他们受到任何委屈，要厚待他们，要将他们敬为吉祥的护福神灵！"

成吉思汗又命令道："宿卫们应尽心关照宫内哈屯、汗子，关照宫内女侍官、牧驼人、牧牛人，尽心管理宫中车舆、纛、战鼓、仪矛、炊具器皿，我们的饮食如有需要，须直接找职司膳食的宿卫解决。"又下令道："对于弓箭手，如果没有职司膳食的宿卫的允许，不得随意向他们发放饮食品。宿卫掌管出入宫帐之事。守卫宫门的宿卫要站立在宫帐近处。派两名宿卫掌管宫内大酒宴事宜。宿卫中的营盘官（嫩秃兀臣）掌管建造宫帐事宜。我们在出猎时，一部分宿卫与我们同往猎场，另一部分则留下来照看车辆。"

成吉思汗下令道："如果我非亲自出征，宿卫不得离我出征，如违背此旨令，或出于嫉妒令宿卫出征，则掌管军机的扯儿必（近侍官）要被问责治罪。何以不准派遣宿卫出征？宿卫是守卫我黄金生命的卫士，在我放鹰围猎时，他们与我共同经历艰辛，他们还肩负着掌管宫帐、营地迁徙的重任。此外，他们还须掌管车辆，守卫我的住宿地。如此繁多事务缠身，难道还容易吗？之所以不再派遣他们出征，理由正在于此。"

成吉思汗下令道："失吉忽秃忽审判诉讼案时，由宿卫参与听审。宿卫掌管分发箭筒、弓箭、盔甲、武器，这些军用物资，由宿卫用网索在军马

---

① 也孙·帖额：即者勒篾的儿子。

② 不吉歹：札剌亦儿氏人，木合黎堂兄的儿子。

上装载驮行。宿卫与女侍官共同掌管分发绸缎布匹。"又下令道:"命弓箭手、侍卫们在营地迁徙时,也孙·帖额、不歹吉等弓箭手,阿勒赤歹①、斡歌列·阿忽台等侍卫,在宫帐右面走;不合、朵歹·扯儿必、多豁勒忽·扯儿必、察乃②等侍卫,在宫帐左面走;阿儿孩·合撒儿的勇士们,在宫帐的前面行走;宿卫们驾驶驮载宫帐的车,在贴近宫帐的左右两边走。"又命令道:"朵歹·扯儿必要关照掌管众多轮值护卫士、侍卫及宫内、宫周围的僮仆、牧马人、牧羊人、牧驼人、牧牛人。朵歹·扯儿必要常跟在宫帐后面,掌管如何让牛马羊食碎草,拾捡焚烧牲畜干粪。"

---

① 阿勒赤歹:札剌亦儿氏人。斡歌歹王傅亦鲁该的亲族。
② 察乃:兀鲁兀惕氏人。主儿扯歹的亲族。曾提出设置驿站、挖掘水井等与重大国策有关的建议。

收服森林百姓的故事

（参阅秘史 235—241 节）

　　成吉思汗命忽必来那颜出征合儿鲁兀惕部①。合儿鲁兀惕部的阿儿斯阑汗未战便投降了忽必来，于是忽必来那颜带着阿儿斯阑汗去觐见成吉思汗。成吉思汗因阿儿斯阑汗不战而降，便恩赐了他，降旨要把女儿赐嫁给她。

　　畏兀儿国的亦都护②派遣了阿惕乞剌黑、答儿伯两个使者拜见了成吉思汗，启奏道："即如云开日出，冰雪消融，河水流淌，我们闻得成吉思汗的威名，高兴至极。若蒙成吉思汗恩赐，我愿受金腰带扣环、大红袍碎帛，做大汗的第五子，为大汗效忠。"成吉思汗让使者转告亦都护："我愿将女儿许嫁于你，准你做我的第五个儿子。将你的金、银、珍珠、东珠、金缎、浑金缎等丝绸布匹献上来吧！"于是，亦都护携带着金银宝物，来觐见

---

　　① 合儿鲁兀惕，为西突厥的一部。初居阿尔泰山以西额尔齐斯河和乌伦古河流域，由于战争，后迁徙至巴尔喀什湖东南，成为黑汗王朝属部。后来，忽必来征合儿鲁兀惕部。

　　② 亦都护：名"巴而术阿而忒的斤"。亦都护，畏兀儿国国王世袭的尊号，相当于蒙古国的汗，意思是天赐予福祉者。畏兀儿人，即今维吾尔人的先民之一部。

成吉思汗。成吉思汗恩赐了亦都护,将自己的女儿阿勒阿勒屯①嫁给了他。

兔儿年(丁卯,1207),成吉思汗命拙赤率右翼军征伐森林部落,由不合②任向导。斡亦剌惕部的忽都合·别乞先于土绵·斡亦剌惕部来投降,并引导拙赤军队进入了土绵·斡亦剌惕部的失思吉思地区。于是,拙赤先后招降了斡亦剌惕、不里牙惕、巴儿浑、兀儿速惕、合卜合纳思、康合思、秃巴思等部落,到达了土绵·乞儿吉思部落,诸那颜也迪、亦纳勒、阿勒迪额儿、斡列别克的斤等纷纷向拙赤投降,并献上了贡品白海青、白马、黑貂皮。拙赤又先后招降了失必儿、客思的音、巴亦惕秃合思、田列克、脱额列思、塔思、巴只吉惕等森林部落,带着乞儿吉思人的万户长、千户长及森林部落的那颜们,让他们带着白海青、白马、黑貂皮,去觐见成吉思汗。成吉思汗因斡亦剌惕部的忽都合·别乞率先迎降,并引导土绵·斡亦剌惕部归降,遂将自己的女儿扯扯亦干③赐嫁给了他的儿子亦纳勒赤,又决定将拙赤的女儿豁雷罕赐嫁给汪古惕人。成吉思汗还恩赐了拙赤,降旨道:"在我的诸子中,你为长子。你初次离家出征,所到之处,人马安好,未战即招降了有福运的森林百姓,今将这些森林百姓赐予你吧!"

成吉思汗又命令孛罗忽勒那颜率军出征豁里·秃马惕部落。当时,豁里·秃马惕部落的那颜都忽勒·莎豁儿已经去世。他的妻子孛脱灰·塔儿浑统领着豁里·秃马惕部落。孛罗忽勒率军到达那里,只带着三个人走在大军前面,在难以分辨白昼的昏暗的林中,在林间小径上向前行进,豁里·秃马惕部落的哨望者,从他们的背后出现,阻截偷袭了他们,擒获并杀死了孛罗忽勒那颜。

---

① 阿勒阿勒屯,即成吉思汗之女也立安敦公主。

② 不合:木合黎的胞弟。

③ 扯扯亦干:成吉思汗的次女。

收服森林百姓的故事

　　成吉思汗获悉此讯后，非常愤怒，要亲自率军去征讨豁里·秃马惕部，但遭到孛斡儿出、木合黎的劝阻。于是成吉思汗派朵儿边氏人多儿伯·多黑申率军出征，并降旨道："严整军队，祈祷上苍保佑，定要征服秃马惕部落的百姓！"

　　朵儿伯·多黑申先派出一部分士兵，在豁里·秃马惕人行军的路上、哨望的各山口虚张声势，自己则率领主力军沿着野牛走的路向前行进。他向军中发布命令：若有人畏缩不前，则以杖责对其惩罚。让士兵每人背负十根木条，以为杖责刑具。又让士兵背负斧、锛、锯、凿，以砍伐野牛行走的路上的树丛，开辟道路，登上了山顶。此时，豁里·秃马惕人正沉迷于酒宴中，朵儿伯·多黑申突然冲下山，俘获了他们。

　　以前，把阿邻部的豁儿赤那颜、斡亦剌惕部的忽都合·别乞两人被豁里·秃马惕人擒获，被关押在孛脱灰·塔儿浑那里。豁儿赤之所以被擒，是因为他接到了"可以到豁里·秃马惕部选三十个美女为妻"的圣

旨,到秃马惕部落后,以前曾投降了的秃马惕部百姓造反,便把豁儿赤抓了起来。成吉思汗获悉此讯,就派熟悉森林百姓的忽都合·别乞前去那里,结果忽都合·别乞也遭擒获。降服了秃马惕部落后,由于孛罗忽勒为国捐躯,成吉思汗就把一百个秃马惕人赐给了他的家族。豁儿赤得到了秃马惕部的三十个美女。将孛脱灰·塔儿浑赐给了忽都合·别乞。

收服森林百姓的故事

阔阔出·帖卜·腾格里巫师的故事

（参阅秘史 244—246 节）

晃豁坛氏人蒙力克父亲有七个儿子。七子中第四个儿子叫阔阔出·帖卜·腾格里①。一次，晃豁坛的七个儿子合伙殴打了合撒儿。合撒儿跪着向成吉思汗禀告："晃豁坛氏蒙力克父亲的七个儿子合伙打了我！"当时，成吉思汗正为别的事生气，便在气头上对他说："你不是自诩天下无敌吗？怎么会被他们打败呢！"合撒儿听后，流着泪离去，竟三天没来见成吉思汗。这当儿，阔阔出·帖卜·腾格里巫师来对成吉思汗说："长生天示谕，天下谁可以为汗。一次是成吉思汗可以为汗，一次是合撒儿可以为汗。若不除掉合撒儿，今后事难以预卜！"成吉思汗一听，就连夜去追捕合撒儿。古出、阔阔出偏偏又对诃额仑母后说：

---

①　阔阔出·帖卜·腾格里，"帖卜·腾格里"，意为"天神的使者"，是阔阔出的尊号。阔阔出是萨满巫师，多年在蒙古百姓中享有较高威望。他惯于揭示玄机，预言未来。他曾"传谕"天神旨意，于 1206 年，在帖木真称帝时，为帖木真献上尊号"成吉思汗"。他正是利用了在宗教方面势力，才将不少百姓拉拢到了自己周围，企图以教权与成吉思汗的汗权分庭抗礼。成吉思汗认识到这一威胁后，果断处死了阔阔出，铲除了以阔阔出为首的敌对势力，之后将宗教大权交给了兀孙老人。

"成吉思汗去追捕合撒儿了。"诃额仑母后听到此事后,乘着白驼篷车整夜追赶成吉思汗。次日清晨,在太阳初起时,赶到了成吉思汗那里。此刻,成吉思汗正在审讯合撒儿。只见合撒儿被捆住双臂,头冠被脱去,腰带被解了下来。见母亲赶到了这里,成吉思汗大吃一惊,很是害怕。诃额仑母后怒气冲冲地下了车,为合撒儿松了绑,并将头冠、腰带还给了他,然后怒不可遏地盘腿危坐,袒露出她的两个乳房,对成吉思汗说道:"你们看到了没有? 这就是喂养你们的双乳。你这个龇牙吼叫,自吃了胞衣,自断了脐带的崽子! 合撒儿犯了什么罪! 帖木真只能吃尽我一个乳房中的奶,合赤温、斡惕赤斤两人也吃不尽我一个乳房中的奶,只有合撒儿能吃尽我两个乳房中的奶。是合撒儿让我心胸变得宽广。我的帖木真能力在于心智,我的合撒儿能力在于力气。

他的射术高超,

使四周的人们陆续归顺;

他的射程遥远,

使远方的敌人纷纷归降。

如今已讨平了敌人,难道你的眼里就容不下合撒儿了!"

等母亲平息了愤怒后,成吉思汗说:"受母亲的责骂,我害怕,惭愧! 儿臣先告退了!"后来,成吉思汗背着母亲,暗中夺去了分给合撒儿的大部分百姓,只给他留下了一千四百户。诃额仑母后得知了此事,无比郁闷,不久便告别了人世。分给合撒儿的札剌亦儿人中的者卜客,也出于恐怖,逃到了巴儿忽真地区。

之后,操九种语言的百姓都聚集在帖卜·腾格里巫师那里,这些投靠巫师的人,比聚集在成吉思汗周围的人还要多。见情况如此,帖木格·斡惕赤斤手下的一部分百姓,也逐渐投靠到帖卜·腾格里巫师那里。斡惕赤斤那颜派遣使者莎豁儿去召回自己那些投靠帖卜·腾格里巫师的百姓。帖卜·腾格里对莎豁儿说:"且看斡惕赤斤还敢派第二个使者来吗!"说完,叫人殴打了莎豁儿,并扣留了他的马,叫他背着马鞍,

步行返回。斡惕赤斤见到莎豁儿,得知他被打,背着马鞍,步行返回来,便于次日清晨亲自去找帖卜·腾格里,对他说:"我派莎豁儿来这里,不想他被殴打,并被扣留了坐骑,背着马鞍返回。今天我来向你讨要我的百姓。"晃豁坛氏兄弟七人一拥而上,围着斡惕赤斤,向他质问道:"你派莎豁儿来此,这种做法对吗?"说完,就要打他。斡惕赤斤那颜害怕了,说:"我不该派使者来。"晃豁坛兄弟七人说:"既然知道这样做不对,就必须跪下来悔罪!"于是,斡惕赤斤被逼着跪在了帖卜·腾格里的后面。

斡惕赤斤没能讨回自己的百姓,第二天清晨,在成吉思汗尚未起床时,便进入汗宫帐,跪着向成吉思汗哭诉道:"操九种语言的百姓,都聚集在帖卜·腾格里周围,我派使者莎豁儿去找帖卜·腾格里,向他讨回我的百姓。莎豁儿遭他们殴打,并背着马鞍,徒步返了回来。我又亲自去找他讨要,可晃豁坛氏兄弟七人围住我,逼我悔过,强行叫我跪在帖卜·腾格里的后面。"说完,他痛哭了起来。

没等成吉思汗开口,孛儿帖哈屯从被窝里坐了起来,拉着被角遮住了胸部。见斡惕赤斤如此痛苦,她流着眼泪说道:"这些晃豁坛氏人究竟想要干什么? 以前,他们曾合伙殴打过合撒儿,现在又逼着斡惕赤斤跪在帖卜·腾格里的后面,这成何体统! 他们竟敢如此欺辱你身躯如杉、松般的弟弟们,真是如此不堪!

你那如参天大树的躯体,

一旦突然倒下时,

如栖息树上飞鸟的民众,

谁来掌管统领?

你那坚如磐石的躯体,

一旦突然倾倒时,

如万道霞光般的民众,

谁来掌管统领?

你那身躯如杉、松般的兄弟们,现在尚且如此被人欺凌,待我那幼弱的孩子成长起来后,谁会将他们视作汗主? 那些晃豁坛氏人多么凶恶! 你眼看着你的弟弟们如此被人欺凌,却何以忍心不闻不问!"孛儿帖哈屯说着,已泪流满面。

成吉思汗听了孛儿帖哈屯这番话后,对斡惕赤斤说道:"帖卜·腾格里不久就会到来,任凭你去处置他吧!"斡惕赤斤听命起身,拭干了眼泪,走出了汗帐。随后找来三个搏克,蓄势以待。

没过多久,蒙力克父亲和他的七个儿子来了。他们全走进了成吉思汗的宫帐。帖卜·腾格里坐在宴席的右面时,斡惕赤斤上去就住了他的衣领,说:"昨天你逼我悔过,今天我要与你比试力气!"于是他将帖卜·腾格里拖向门口。这时,帖卜·腾格里也揪住了斡惕赤斤的衣领,双方厮打搏斗了起来。厮打搏斗间,帖卜·腾格里的帽子掉到了火撑子上。蒙克力父亲拾起了这顶跌落的帽子,嗅了嗅后,揣到了怀里。这时,成吉思汗说:"到宫帐外较量吧!"斡惕赤斤和帖卜·腾格里刚迈过宫帐门槛,斡惕赤斤预先在宫帐外埋伏好的三个搏克冲了上来,抓住帖卜·腾格里,将他拖出去折断了他的腰,并将他的尸体抛扔在车群的一端。然后,斡惕赤斤走进宫帐说道:"昨天帖卜·腾格里逼我跪着悔过,今天我要与他较量力气,但他不肯,赖着躺在地上不动。"蒙力克父亲听后,知道了事情的结果,流下了眼泪,对成吉思汗说道:

"当广袤的大地,
　　还像低矮的小山丘,
　　当浩瀚的江河,
　　还像涓涓的小溪流,
　　我便与你结成了伴友!"

蒙力克父亲的话音刚落,晃豁坛氏的六个兄弟立即起身堵住了宫帐门,围住了火撑子,挽起了袖子。成吉思汗见势头不对,厉声喊道:"躲开! 让我出去!"他走出了宫帐,他的弓箭手、侍卫们围住他,将他保护起来。成吉思汗看到被折断腰,被抛扔在车群一端的帖卜·腾格里的尸

体,就下令从后面取来一领灰色的帐篷,将尸体罩住,并且下令道:"启程迁徙!"遂迁徙到别处了。

　　罩着帖卜·腾格里尸体的灰色帐篷,门是关闭的,门外还派有士兵看守,可到了第三天拂晓时分,灰帐的天窗开了,帐内的尸体不见了踪影。于是成吉思汗说道:"帖卜·腾格里殴打了我的兄弟们,又离间我们兄弟之间的关系,因此上苍没有保佑他,将他的性命和尸体一并收走了!"说完,又向蒙力克父亲责备道:"你没有规诫你的儿子,没让他改掉坏脾性,他们要与我分庭抗礼,帖卜·腾格里为此丢掉了性命!早知道你们品行如此,我早像对待札木合、阿勒坛、忽察儿那样,把你们处置了!"之后,成吉思汗又赐恩蒙力克,说:"我曾允诺,赐你九罪不罚,若朝令夕改,不免会遭世人耻笑,所以我会恪遵前言,不再惩罚你了!"成吉思汗稍稍息怒后,说道:"如早克制坏脾性,行为谨慎,谁能敌得过蒙力克父亲的家族呢!"

　　帖卜·腾格里丧命后,晃豁坛氏家族的气焰被镇服了。

成吉思汗三次出征金国的故事

(参阅秘史 247—253 节)

羊儿年(辛未,1211),成吉思汗率军出征金国,先夺取了抚州,越过了野狐岭(在今张家口西北),再夺宣德府(即今河北宣化),然后派者别、古亦古捏克·把阿秃儿两人为先锋,率军直逼近居庸关。见到居庸关有金军把守,者别说:"我们先诱敌出山,然后再战!"于是率军撤退。金军见者别率军败逃,便下令追击,铺天盖地地追了过来。金军追过了宣德府的山口,者别突然下令,全军掉头迎战,大败了金军。成吉思汗的中军也接踵赶到,打败了契丹、女真、纠的军队①,将他们一直追杀到居庸关。杀得敌军尸横遍野,战场上如野火焚荒。者别军队占领了居庸关,夺取并越过了居庸关各山岭。成吉思汗的中军驻营于龙虎台(居庸关之南)后,又派兵攻打中都(即今北京)及其左近各城。者别军则奉命去攻打东昌城(博州,即今山东聊城)。东昌城久攻不下,者别率军退走六天,突然命全军回返,每个骑士备一匹从马,日夜兼程疾驰,称金人不备,偷袭并夺下了东昌。

---

① 纠,即纠军,辽金时期选拔的由边防骑兵组成的特殊军队。

者别军偷袭夺取了东昌城后,回来与成吉思汗军会合。

中都城被围攻时,金国可汗大臣王京丞相向金国阿勒坛可汗启奏道:"据天地时运来看,现在到了大位更替的时候。蒙古人来势凶猛,已打败了我勇猛的契丹、女真、纠的精锐军队,夺取了我们赖以生存的天然屏障居庸关。如果我们现在整军出战,再被蒙古军战败,各城中军队也会随之溃散,那样我们今后很难再将他们聚拢,他们势必会与我们为敌。如蒙大汗恩准,如今不如归顺蒙古,与蒙古可汗议和,这样可先让蒙古人退下。待蒙古军撤离后再行商议,另做打算。据悉蒙古人马不服水土,身染疾疫。我们现在应向蒙古可汗献上美女,向他们的军队馈赠金银、绸缎、财物。但不知蒙古汗是否接受议和。"金国可汗允准了王京丞相的奏请,说道:"就这样办吧!"于是决定金国归顺蒙古,决定将金国卫绍王的女儿岐国公主献给成吉思汗,命令军人尽力从中都城多拿金银、绸缎、财物,送给蒙古军。派王京丞相亲自将公主、金银、绸缎、财物送至成吉思汗处。成吉思汗终于接受了金国可汗的归顺,于是召回了攻打各城郡的蒙古军队。王京丞相亲自护送成吉思汗到莫州(即野麻池一带。野麻池,抚州附近的一个湖)、抚州(即今河北张北)的山口然后回返,蒙古军队用马驮载,并用熟绢捆绑了金银、绸缎、财物,返回了营地。

蒙古军又从那里出征河西(西夏国)①。到达那里后,河西百姓的亦鲁忽·不儿罕汗向成吉思汗投降,表示愿做成吉思汗的右手,并愿将女儿察合献给成吉思汗。他说:"听到成吉思汗的威名,我们本已十分敬畏。如今可汗大驾光临,我们更加敬畏!我们唐兀惕百姓愿做您的右手,为您效力!

诚愿为您效力,

但我民众有定居习惯,

---

① 合申,今作河西,指宁夏、甘肃武威、酒泉、张掖等黄河以西的地域;西夏,是建立在合申地区的王国;唐兀惕,是西夏国民众的民族所属。

常居住建好的城郭里面，

若遇急速征战，

实难疾驰跟进向前，

若遇激烈搏杀，

难以随从激战。

如蒙大汗恩典，

我所有唐古惕民众，

愿将牧养在棘草丛中的

峰峰骆驼，

作为贡赋向您呈献。

将亲手织好的

匹匹绸缎，

作为贡赋向您呈献。

愿从精心调教好的猎鹰中，

挑选上乘的向您呈献。"

亦鲁忽·不儿罕汗履行了诺言，从唐古惕百姓中征集了许多峰骆驼，不停歇地驱赶着献给了蒙古军队。

总之，成吉思汗在这次征战中，使金国阿勒坛可汗归顺，获得了很多布匹绸缎，又使合申地区百姓的亦鲁忽·不儿罕汗归降，获取了大量的骆驼。

其后，位于宋国①之地金国阿勒坛汗，屡次阻挡蒙古国主卜罕等众多使者通往宋国。于是，成吉思汗在狗儿年（甲戌，1214）决定再次出征金国，说道："既已归顺，何以阻挡我出使宋国的使者？"成吉思汗率军直趋潼关，命者别率军进逼居庸关。金可汗得知成吉思汗军进攻潼关，便

成吉思汗三次出征金国的故事

---

① 宋国，指第四君宁宗统治时期的南宋王朝。

命亦列①、合答②、豁字格秃儿③三人率精兵,以红袄军为先锋,整治军队去争夺潼关,以阻止蒙古军队越过山岭。成吉思汗率军到达潼关时,满山遍野的金军从四处逼来。成吉思汗的军队与亦列、合答、豁字格秃儿的军队展开了搏斗,并击退了亦列、合答的军队。这时,拖雷、赤古驸马率军从旁杀来,击败了红袄军,击溃了亦列、合答的队伍,把金兵杀得尸骨堆积如烂木堆。金国可汗得知金军失利的消息后,率领主力军逃窜到南京(即今开封)。剩下的金军士兵因饥饿难耐,自相食人肉。成吉思汗因拖雷、赤古驸马两人作战有功,对他俩大加赏赐。

成吉思汗挥军进驻河西务,进而又驻营于中都的失剌原野。者别的军队攻破了居庸关,与成吉思汗的军队会师了。金国可汗逃出中都时,委派合答留守中都。成吉思汗命汪古儿司膳、阿儿孩·合撒儿、失吉·忽都忽去收取金银、缎匹等物。合答得知这三个人到来,便带着金银、缎匹等物,出中都城亲自迎接。失吉·忽都忽对合答说:"中都以前为金国可汗的都城,可如今已归成吉思汗所有。你怎敢窃取成吉思汗的财物,作为礼物送人呢!我拒绝接受!"然而,汪古儿司膳、阿儿孩·合撒儿两人却接受了合答的礼物。三人点收了这些财物后,回来拜见了成吉思汗。成吉思汗向三人问道:"合答可曾送什么礼物给你们?"失吉·忽都忽回答:"他送给我们金银,纹缎,我对他们说,以前这些都是金国可汗的财物,如今已归成吉思汗所有,你合答怎敢窃取成吉思汗的财物,私下送人!我没有收受,但汪古儿、阿儿孩两人却收受了他送的礼物。"成吉思汗听后,严厉斥责了汪古儿、阿儿孩两人,并对失吉·忽都忽说:"你识

156

① 亦列,即移剌蒲阿,金契丹人,少年从军,官至都统。金哀宗为太子时,选充亲卫军总领,拥哀宗即位有功。曾败蒙古军于大昌原(今甘肃宁县)。

② 合答,即完颜合达。金贞祐初,充护卫,送岐国公主赴蒙古营。曾与亦列入邓州攻击蒙古军,兵败,被杀。

③ 豁字格秃儿,金丰州女真人,曾败蒙古军于潼关附近的倒回谷。后兵败于三峰山,于均州被俘,被杀。

得大体!"遂对失吉·忽都忽大加赏赐,降旨道:"你可做我的耳目!"

金国可汗逃到南京后,自请归顺成吉思汗,并派遣他的儿子腾格里带着一百个侍从,来做成吉思汗的侍卫。成吉思汗接受了他的归顺,下令退兵,经居庸关退了回来。

成吉思汗命令合撒儿:率左翼军沿海边行进,去攻打北京(今赤峰宁城西大明城),之后再挥军北上,经女真蒲鲜万奴①处,蒲鲜万奴如反抗,就剿杀他,如归顺,就从其边境诸城,沿浯剌河(今松花江)、纳浯河(今嫩江)而进,再溯讨浯儿河(今洮儿河)而上,越过山岭,回大本营与成吉思汗军会合。和合撒儿一起出征的有主儿扯歹、阿勒赤、脱栾·扯儿必三位那颜。合撒儿收降了女真蒲鲜万奴,收降了沿途诸城,又溯讨浯儿河而上,回到了大本营,下了马。

---

① 蒲鲜万奴,又写作"夫合纳",金国女真人,原为金国招讨使,后叛离金国,据东京(今辽宁辽阳)为王,后被金军击败后归降蒙古,驻营南京(今吉林延吉),后叛离蒙古,元太宗五年,被贵由擒杀。

选擢汗位继承人的故事

（参阅秘史 254—255 节）

其后,成吉思汗派往回回国的兀忽纳等百名使者被回回国扣留并杀害①。成吉思汗说:"岂能容忍回回国断了我们的金縻绳! 定要为咱们的兀忽纳等百名使者报仇雪恨,现在便出征回回国!"军队即将启程时,也遂妃子向成吉思汗启奏:

"大汗啊,

翻越高山,

横渡大河,

长途跋涉,

去扫平诸国。

然有生之物,

---

① 回回国,指十三世纪初,位于中亚、西亚的花剌子模帝国。1218 年,蒙古国派往花剌子模国的商队一行共四百五十人,在到达该国边境讹答剌城(今哈萨克斯坦的帖木儿地区)时,被该国诬指为间谍,除一人逃回,其余四百四十九人被杀,货物被没收。成吉思汗遂派三名使臣前往花剌子模国,指责该国国王马合谋交涉,要求交出凶手。马合谋不但拒绝了这一要求,而且杀害了为首的使臣,还将剩下的两使臣侮辱性地剃去胡子逐回。于是成吉思汗决意西征花剌子模国。

皆有无常。

大汗高如树干的身躯，

一旦突然倾倒，

团结如织麻的百姓，

该交由谁来统领？

大汗坚如磐石的身躯，

一旦突然倒掉，

那众如鸟雀的百姓，

该交由谁来统领？

大汗所生的四个儿子，

他们中谁来执掌国政？

这件大事，该让诸子、诸弟、众多属民、后妃们知晓。谨将妾所思所想禀奏，恭请大汗降旨！"

成吉思汗降旨道："也遂虽是妃子，但她所言有理！弟弟们，儿子们，孛斡儿出，木合黎，你们却谁也没有提出这样的忠告。

我未继承过祖先汗位，

竟忘记了确定继位者，

我尚未遭遇死亡，

真的没将此事想过。

拙赤你为长子，你若有话，就讲吧！"

拙赤尚未开口，察阿歹抢先说道："父汗先让拙赤说话，莫不是想让他继承汗位？我们怎能接收篾儿乞惕野种的管束！"察阿歹说到这里，拙赤上去揪住他的衣领，说道："父汗从未对我说过另眼相看的话语，你怎么敢对我如此小瞧！你究竟有什么本领能胜过我？你只不过脾气暴躁而已。我和你比赛远程射术，如果输给你，我就躺在地上再不起来，请父汗圣裁！"拙赤和察阿歹互揪着衣领不放。孛斡儿出拉住了拙赤的手，木合黎拉住了察阿歹的手。这时，成吉思汗只是默默地坐着。站在左边的

阔阔搠思说道：“察阿歹啊，你急什么啊！父汗在他的诸子中，最信任的
就是你啊！

　　　　在你们出生之前，
　　　　布满星星的天空旋转，
　　　　诸部落一片混战，
　　　　没人能得以安眠，
　　　　都在抢劫相残。
　　　　长草的大地翻转，
　　　　诸部落纷纷参战，
　　　　没人能在被子里酣睡，
　　　　都在攻杀相残。

　　　　你的母亲并非相思做出那事，
　　　　而是遭遇不幸使然，
　　　　你的母亲并非生邪念做出那事，
　　　　是战争环境使然。
　　　　那不是在和平时期发生的事情，
　　　　是残酷的搏斗厮杀使然。

　　　　你怎么可以如此胡言，
　　　　使你贤明的母亲伤心，
　　　　让她圣洁的心灵受到伤害！
　　　　你们是一母所生的孩子，
　　　　你们是一奶同胞的兄弟，
　　　　你若指责深爱你的母亲，
　　　　指责她遭遇的不幸，
　　　　她会伤心痛苦。

你若抱怨生身之母，
抱怨她懊悔的事情，
她会悲伤不已。

当你的父汗
创建国家之时，
你的母亲与他同历艰辛，
不畏抛头颅，
甘愿洒热血，
以衣袖为枕，
以衣襟为衾，
以牙缝中的肉充饥，
以口水解渴，
额头上的汗水流到脚跟，
脚跟的汗水涌向了额头。
母亲从未有过三心二意，
小心谨慎地向前行走。

你的母亲紧箍着罟罟冠，
紧束着衣服腰带，
精心地养育着子女。
她把要咽下的食物，
给你们一半；
她让自己的喉咙空着，
叫你们吃足。
提着你的锁骨，
把你养育成男人，

蒙古秘史故事

MGMSGS

提着你们的脖子，

希望你们上进，

给你们垫着跟腱，

使你们够到男人的膀肩。

如今她期待着你们的成功。

慈母的心啊，

像太阳般明亮，

如大海一样宽广！"

成吉思汗听了，说道："怎么可以这样说拙赤呢？拙赤不是我的长子吗？以后不可以说这种话！"察阿歹听了成吉思汗的话，笑着说："拙赤的力气、武功就不用说了。常言道：

用嘴说死的，

不能驮起；

用话弄死的，

不能剥皮。①

父汗的长子是拙赤和我两个人。我们愿一起为父汗效力，谁如果躲避，我们一起把他的身躯劈开；谁如果退缩，大家一起砍断他的脚后跟！斡歌歹为人敦厚，我们大家都举荐他吧，让他在父汗身边，接受继位者的教化。"成吉思汗听了后，说："拙赤你有要说的吗？说说吧！"拙赤说："就按察阿歹刚才说的，我和察阿歹二人愿一起为父汗效力，我们都举荐斡歌歹继承汗位。"成吉思汗听了，说："你们何必一起效力？世界广袤。江河众多，我可分封地域辽阔的属国于你们，让你们各自镇守。拙赤、察阿歹二人必要履行诺言，不可让百姓耻笑。前者，阿勒坛、忽察儿也曾立

---

① "用嘴说死的，不能驮起；用话弄死的，不能剥皮"这句古老的蒙古谚语，意思有汉语的"说出去的话，泼出去的水"的成分，与汉语相比，所不同的是，这里察阿歹表示出对拙赤的歉意，也说明了刚才冒犯了拙赤，虽为此后悔，但后果已难以挽回。

下过这种誓约,但他们双方都没能履约,后来他们遭受了什么？现将他们的子孙分给你们,你们务以此为殷鉴!"成吉思汗又说:"斡歌歹你有什么要说？说说吧!"斡歌歹说:"父汗降旨赐我说话机会,可我能说什么呢？我怎敢说自己不行。今后唯尽己所能效力。只是如果今后我的子孙中,出了裹上草,牛都不吃,涂上油,狗都不闻的不肖之子,出了麋鹿敢在他面前穿越,老鼠敢跟在他后面行走的无能之辈,那该如何是好？只说这么多,没有更多要说的了。"成吉思汗听了,说:"斡歌歹的话是对的。"又说:"拖雷你想说什么？说说吧!"拖雷说:"我愿在父汗选定继位的兄长旁边,

提醒他被他遗忘的事情,

在他熟睡之际将他唤醒,

做他策马的长鞭,

他召唤伴友时向他回应。

应声时不落后,

前进时不落伍,

愿为他短兵搏击,

愿跟随他长途远征。"

成吉思汗说:"你说得很好。"遂降旨道:"合撒儿的权势由他的子孙中一个人继承掌管,阿勒赤歹、斡惕赤斤、别勒古台的权势让他们的子孙中一个人继承掌管。我的权势由我的子孙中一个人继承掌管。大家如果都不违背我的旨意,不毁掉我的旨意,你们就不会有过错,不会有失误。至于斡歌歹的权势,他的后代即使出了裹上草,牛也不吃,涂上油,狗也不闻的不肖子孙,难道我的子孙中,连一个好的也不会有吗?"

成吉思汗出征回回国的故事

（参阅秘史 256—264 节）

成吉思汗西征时，派使者去对唐古惕百姓的不儿罕汗①说："你曾许诺做我的右手，如今回回国人切断了我们的金糜绳，如今我决意西征回回国。你做右翼随同我去西征吧！"使者去到那里说明了来意，不儿罕汗还没来得及说话，大臣阿莎·敢不②便说道："没那本事，还做什么大汗？"他口出狂言，断然拒绝出兵，还把使者打发回去了。

成吉思汗说："怎能容忍阿莎·敢不口出如此狂言！按理应绕点路先去征讨他们，可现在要去出征别的国家，姑且先别理会他们。若蒙苍天保佑，待西征得胜回朝时，再去征讨他们！"

兔儿年（乙卯，1219），成吉思汗从哈屯中带着忽阑哈屯，越过阿来山岭，在诸弟中委派斡惕赤斤那颜留守大营，即也客·阿兀鲁黑地区。成吉思汗派遣者别率领先锋军队，派遣速别额台率军做为者别的后援，派遣翁吉剌惕部人脱忽察儿率军做为速别额台的后援。派遣这三个人出

---

① 不儿罕汗，西夏第八代国王夏神宗李遵顼，1211—1223 年在位。

② 阿莎·敢不，夏神宗、夏献宗两朝的大臣。曾拒绝随成吉思汗西征，并领兵与成吉思汗战于贺兰山，兵败被擒。

征时,成吉思汗向他们嘱咐道:"要经过城外边,走到莎勒坛①的那边,等我到达时,你们就协同我夹攻。"者别率军经过罕·篾力克②的城堡时,没有惊动该城,从城外走了过去。之后,速别额台率军也是不加惊动地走了过去。其后,脱忽察儿掳掠了罕·篾力克的边城,掳掠了他的种田人。罕·篾力克因其城遭掳掠,仓皇出逃,与马合谋③的长子扎剌勒丁·莎勒坛会合了。

扎剌勒丁·莎勒坛和罕·篾力克二人率军前来迎战成吉思汗。在成吉思汗的前面,有失吉·忽秃忽的军队为先锋。扎剌勒丁·莎勒坛、罕·篾力克二人率军与失吉·忽秃忽的军队交战,打败了失吉·忽秃忽的队伍,并追到成吉思汗处来。这时,者别、速别额台、脱忽察儿三人,率军从扎剌勒丁·莎勒坛、罕·篾力克二人的背后杀来,打败了他们,歼灭了他们的部分军队,粉碎了他们会师不合儿(今乌兹别克斯坦的布哈拉)、薛迷思加卜(今乌兹别克斯坦的撒马尔罕)、兀的剌儿(今哈萨克斯坦的帖木儿)城的梦想,乘胜将他们追击到申河(今巴基斯坦的印度河)。许多回回人跳入申河,溺水身亡。扎剌勒丁·莎勒坛、罕·篾力克二人仅以身免,溯申河逃亡。成吉思汗也溯申河而上,掳掠了巴惕客先(今阿富汗的法扎巴德),进至额客、格温两小河,抵巴鲁安草原(在今阿富汗境内)驻营,派遣札剌亦儿氏人巴剌率军追击扎剌勒丁·莎勒坛、罕·篾力克的残部。成吉思汗对者别、速别额台二人大加赏赐,说:"者别,你原名只儿豁阿歹,从泰亦赤兀惕部来归顺后,就成了者别。"脱忽察儿因擅自掳掠了罕·篾力克的边城,依法当斩,但最终赦免了他,对他严厉申斥后,夺去了他军中要职。

于是,成吉思汗从巴鲁安(即今阿富汗恰里卡尔东北)草原回师,命

---

① 莎勒坛,伊斯兰教徒的国王的称号。今译作"苏丹"。

② 罕·篾力克,地位仅次于国王的军政长官称号。此人于1221年率四万骑归附扎兰丁算端(算端,亦称苏丹,即国王),曾与蒙古军交战,后被蒙古军击败,被杀。

③ 马合谋,花剌子模国王。

令拙赤、察阿歹、斡歌歹三个儿子率右翼军,渡过阿姆河(即今中亚的阿姆河),去围攻兀笼格赤城(今土库曼斯坦的库尼亚乌尔根齐)。又命令拖雷去攻打亦鲁(今阿富汗的赫拉特)、亦薛不儿(今伊朗的内沙布尔)城。成吉思汗自己驻守于兀的剌儿城。拙赤、察阿歹、斡歌歹三人,后来派人向成吉思汗禀奏:"兵马齐备,已抵达兀笼格赤,我等应听候谁的指令?"成吉思汗降旨:"听候斡歌歹的命令!"

成吉思汗驻营于兀的剌儿城,从兀的剌儿城迁到了薛米思加卜城,又从薛米思加卜城迁驻到了不合儿城。在那里,成吉思汗等待巴剌那颜,在莎勒坛的夏营地的阿勒坛·豁儿罕山岭避暑。派使臣去对拖雷说:"夏季炎热,各路兵马都已返回营地驻下,你率军到我这里来吧。"那时,拖雷的队伍已攻占了亦鲁、亦薛不儿等城,正准备去攻占出黑扯连城(今阿富汗的赫拉特),却接到了使者传达的旨令。于是他率军攻破了出黑扯连城后,回师与成吉思汗会合了。

拙赤、察阿歹、斡歌歹三个汗子占领了兀笼格赤城后,就把掳获的百姓瓜分了,竟没有留给成吉思汗一份。成吉思汗对此极为恼怒,竟三天没有让他们拜见。于是,孛斡儿出、木合黎、失吉·忽秃忽三人启奏:"我们征服了违抗不服的回回国莎勒坛,夺取了他们的城邑百姓,被分取的兀笼格赤城,三个汗子,都属成吉思汗所有。蒙苍天大地保佑,我们已成功地征服了回回国百姓,你的众多兵马都在欢腾,大汗何以如此发怒呢?汗子已知错惧怕了,今后会引以为戒。但只怕汗子为此心寒,今后会变得懈怠。望大汗赐恩,准予拜见吧!"成吉思汗息怒了,让拙赤、察阿歹、斡歌歹三个儿子来见,并征引祖言、古训责备了他们,说得他们无地自容,额上的汗也擦不尽。成吉思汗正在责备,教诲,宣谕,晃孩、晃塔合儿、搠儿马罕这三个弓箭手来启奏成吉思汗:"他们是刚开始调教训练的雏鹰,汗子初次出征,何以如此责骂他们,使他们困惑,退缩呢?这恐怕会让他们因恐惧而灰心吧?从日出到日落之地,我们的敌国还很多。让我们像指挥吐蕃(今西藏)狗似的,去征讨敌国吧!若蒙苍天保佑,我们会为您夺取来金银、匹缎、财物、百姓。若问该征讨哪国？我们听说，西方有一个巴黑塔惕国的合里伯莎勒坛（在今伊拉克的巴格达附近），让我们去征讨吧！"成吉思汗听了这番话后，息怒称是，遂降旨，对阿达儿斤氏弓箭手晃孩、朵笼吉儿氏弓箭手晃塔合儿二人说："你俩留在我的身边。"派遣斡帖格歹·搠儿马罕率兵去征讨巴黑塔惕国的合里伯·莎勒坛。

成吉思汗又派遣朵儿边氏人多儿伯·多黑申去征伐欣都思国（今印度国）、巴黑塔惕国之间的亦鲁、马鲁（今土库曼斯坦的马里）及马答国的萨里国的阿卜秃城（今伊朗北部）。

成吉思汗又派遣速别额台·把阿秃儿率军出征北方，直抵康邻（花剌子模国的重要组成部分，位于今乌拉尔河以东至咸海东北）、乞卜察兀惕（即钦察，游牧于今乌拉尔河至黑海草原的突厥部落）、巴只吉惕、斡鲁速惕（今俄罗斯、白俄罗斯、乌克兰部分地区）、马札剌惕（今匈牙利）、阿速惕（今高加索以北，伊朗语族部落）、撒速惕（位于今伏尔加河下游地区）、薛儿客速惕（位于高加索西北）、客失米儿（今克什米尔）、孛剌儿（今波兰）、客列勒（今乌克兰的基辅）这十一个部落、外邦百姓处，渡过了有水的亦的勒河（今伏尔加河）、札牙黑河（今乌拉尔河），直抵乞瓦·绵·客列勒（即前文客列勒）城。

成吉思汗占领了回回国后，命令在各城设置答鲁合臣①。从兀笼格赤城来了回回人父子俩，姓忽鲁木石，父亲叫牙剌哇赤，儿子叫马思忽惕。他俩启奏有关管理城市制度的建议。成吉思汗听了，觉得说的有道理，他们很懂得管理城市之道。于是委派牙剌哇赤的儿子和答鲁合臣携手掌管不合儿、薛米思加卜（今乌兹别克斯坦撒马尔罕）兀笼格赤、兀丹（今新疆和田）、乞思合儿（今新疆喀什）、兀里罕（今新疆莎车）、古先·

---

① 答鲁合臣，蒙古语镇守者之意。蒙古在被征服的各国、各族的主要地区、城镇、投降的非蒙古军队中，皆设置答鲁合臣监治，掌实权。这些机构称为路、府、州、县、长官司，派答鲁合臣掌管。蒙古人、色目人答鲁合臣，汉人、南人不得担任。

答里勒等城。牙剌哇赤则被委派去管理汉地中都。由于牙剌哇赤、马思忽惕父子俩熟谙城市管理制度,所以就被委派与答鲁合臣一同掌管回回和汉地的城市了。

　　成吉思汗征回回国,共用了七年。在那里,等待札剌亦儿氏人巴剌时,巴剌渡过了申河,追击扎剌勒丁·莎勒坛、罕·篾力克两人,直追到欣都思地区。因为扎剌勒丁·莎勒坛、罕·篾力克失踪,巴拉追到欣都思腹地也没能找到,便回师了。到了欣都思边境地区,巴剌掳掠了那里的百姓,得到了好多骆驼,许多羯山羊。成吉思汗从那里回师,途中在额尔的失河畔度夏,鸡儿年(乙酉,1225)秋天回到了土兀剌河畔黑林中的行宫里。

成吉思汗征伐唐兀惕国的故事

（参阅秘史 265—268 节）

儿年（丙戌，1226），成吉思汗率军出征唐兀惕国，从诸哈屯中选带了也遂哈屯随行。途中到了冬天，在阿儿不合地区猎获了许多野马。成吉思汗骑着的一匹红沙马，因为一群野马冲来，受到了惊吓。成吉思汗随即跌落马下，肌肤受了伤，非常疼痛，于是在搠斡儿合惕（即西凉府，其地在今甘肃武威一带）安营驻了下来。第二天早晨，也遂哈屯说："大汗夜里睡觉时肌肤很热，汗子、那颜们应一起商议该如何是好。"于是汗子、那颜们聚会商议。晃豁坛氏人脱栾·扯儿必建议道："唐兀惕百姓有建筑好的城，他们的营地怎么挪动？他们能背着城往哪里逃？现在我们回师吧，待大汗身体痊愈后，再去征讨不迟。"这个意见获得了汗子、那颜的一致首肯，遂将此意见禀奏了成吉思汗。成吉思汗说："如就此回师，唐兀惕人会觉得我们因胆怯而退兵了。我们先派使者去交涉，我在搠斡儿合惕疗伤，得知他们的回话后，再决定是否回去。"于是派使者传谕："去年，不儿罕你不是说过，'唐兀惕百姓愿做你的右手'吗？正因你有了这一许诺，我们在征讨回回国时，邀请你们一起出征。你不儿罕没有履行诺言，不仅没有出兵，而且以恶语挖苦我们。那时，我

们另有要去征讨的国家,只好将此怨留待以后解决。蒙长生天保佑,我们征服了回回国,现在我们是来找你不儿罕讨个明白的!"不儿罕说:"我没说过挖苦你们的话。"阿莎·敢不说:"挖苦的话是我说的。如今,你们蒙古人自以为善战,欲来挑战。我们有贺兰山营地,有撒帐房,有骆驼的驮子,你们就到贺兰山与我们交战吧!如果需要金银、缎匹、财物,就请到中兴府(今宁夏银川)、西凉府(今甘肃武威)来吧!"说完就把使者打发回去了。听了使者的禀述,肌肤正在发热的成吉思汗说:"你们听,他们竟说出如此大话,你们怎么好退回去呢!就是战死,你们也要回应他们说的大话,去攻打他们!长生天啊,你做主吧!"成吉思汗的军队直逼贺兰山,与阿莎·敢不交战,击溃了阿莎·敢不的军队,将他们围困在贺兰山的寨子里。后擒获了阿莎·敢不,将他的百姓、撒帐房、有驮子的骆驼如拂灰般地掳获了。成吉思汗降旨:"将唐兀惕勇猛善战的男子、有地位的人杀掉!战士们可各据所需,占有所擒获的唐兀惕的各种人!"

那年夏天,成吉思汗驻营于察速秃山(今张掖县以北一座雪山),派遣军队去把与阿莎·敢不一起逃上山的负隅顽抗的唐兀惕人,连同他们的撒帐房、骆驼、驮子全部掳获了。于是成吉思汗降旨,恩赐了孛斡儿出、木合黎二人,听其任意索取掳获的人与财物。成吉思汗又降旨道:"恩赐孛斡儿出、木合黎二人时,未曾分给他们金国百姓,如今你们二人可均分金国的纠人,其好男儿可执鹰随从你们,其好女子长大后可为你们的妻子整理衣裙。金国可汗所依靠的亲信,杀害蒙古人的祖先的,就是契丹、纠人。如今我所依靠的亲信,不就是孛斡儿出、木合黎你们二人吗!"

成吉思汗从察速秃山出发,驻扎在了兀剌孩城(今内蒙古阿拉善右旗西南,甘肃山丹县北),又从兀剌孩城出发,攻破了灵州(今宁夏灵武)。这时,唐兀惕不儿罕汗带来了金佛等金银器皿九九①,男孩、女子九九,骟马、骆驼九九及其他各色礼物九九前来觐见成吉思汗。成吉思汗遂命不儿罕在宫门外拜见。见到他后,成吉思汗非常厌恶。第三天,成吉思汗赐亦鲁忽·不儿罕·失都儿忽之名,并将亦鲁忽·不儿罕·失都儿忽召来赐死,命脱栾·扯儿必下手处死他。脱栾·扯儿必处死了亦鲁忽后,回禀了成吉思汗。成吉思汗降旨道:"因出征唐兀惕百姓,途中在阿儿不合地方围猎野马时,我肌肤受了重伤,脱栾你珍惜保护了我的生命,建议我先把病养好。因敌人口出恶言,致使我决心征讨他们,蒙长生天保佑,征服了敌人,报了仇恨。现在将亦鲁忽献来的行宫、器皿全部赐予你脱栾吧!"

成吉思汗征服了唐兀惕百姓,然后决定回师。猪儿年(丁亥,1227),成吉思汗升天。

---

① 九九,蒙古及某些北方、西北民族赠送礼物时,崇尚数字九,以示完满,从一九至九九,例如,羊八十一只、酒二十七尊、器皿四十五件,等等。

斡歌歹继承汗位的故事

（参阅秘史 269—270 节，274—277 节）

鼠儿年（戊子，1228），察阿歹、巴秃（即史书中译作的拔都，拙赤的次子）等右翼宗王，斡惕赤斤那颜、也古、也孙格等左翼宗王，拖雷等本部①宗王，诸公主、驸马，诸万户长、千户长聚集在一起，在客鲁涟河畔的迭兀·阿剌勒地方，遵成吉思汗制定继承人的圣旨，拥立斡歌歹为蒙古大可汗。兄长察阿歹明示愿拥立胞弟斡歌歹为汗，察阿歹、拖雷二人将守卫父汗成吉思汗的一千名宿卫、一千名弓箭手、八千名侍卫，交给斡歌歹可汗，本部的百姓也顺理成章地交由他掌管。

斡歌歹被拥立为大汗，内廷的一万名轮值护卫士、本部的百姓归他掌管后，他先与兄长察阿歹商议，父汗成吉思汗未征讨的百姓，有巴黑塔惕国的合里伯·莎勒坛，曾派搠儿马罕弓箭手率军去征伐，如今可派斡豁秃儿、蒙格秃②二人去增援。另，以前曾派速别额台·把阿秃儿出征

---

① 本部，即除了左翼、右翼之外的蒙古中央、内地、大汗本部。

② 斡豁秃儿、蒙格秃，元太宗派往客失米儿（即今克什米尔）、印度方面的蒙古将领。他们曾率两万蒙古军围攻客失米儿国都，逼国王逃离，后又攻占客失米儿诸州，任命诸州长官离去。

康邻、乞卜察兀惕、巴只吉惕、斡鲁速惕、阿速惕、撒速惕、马扎尔、客失米儿、薛儿客速惕、孛剌儿、客列勒等部落、国家,渡过了亦的勒河、札牙黑河,征伐篾客惕、乞瓦·绵·客儿绵等城,因为那里的百姓难以攻打,可命巴秃、不里(察阿歹之长子)古余克(即史书中译作的贵由,斡歌歹长子)、蒙格(即史书中译作的蒙哥,就是元宪宗)等众多宗王出征去增援速别额台。这众多宗王以巴秃为首。商议已定,遂下达了圣旨:中军出征者,以古余克为首领。又降旨道:"此次出征者之中,凡统领百姓的宗王,应命其长子出征。不掌管百姓的宗王、万户长、千户长、百户长、十户长,也一律命其长子出征,诸公主、驸马也应遵旨命其长子出征。"

斡歌歹可汗说:"这次派遣长子出征的约定,是兄长察阿歹提出的,他说'可派遣我的长子不里出征,去增援速别额台。如果长子出征,则士兵多,气势盛,力量强大。那边敌国多,士兵众,兵器锋利,据说那些百姓愤怒时,敢用武器杀死自己!'这就是我等商议之后的话。依兄长察阿歹的教言,可命长子出征!可向各处宣谕,命巴秃、不里、古余克、蒙格等宗王出征的缘由!"

增援速别额台·把阿秃儿而出征的以巴秃、不里、古余克、蒙格为首的等众多宗王,使康邻、乞卜察兀惕、巴只吉惕各部落相继归降,又渡过了亦的勒河、札牙黑河,攻破篾格惕城,杀兀鲁速惕人,将他们掳掠殆尽。掳掠了阿速惕、薛速惕、孛剌儿、乞瓦·绵·客儿绵等城百姓,使他们归降,在那里设置了答鲁合臣①、探马赤②后回师。

巴秃从远征的途中,派遣使者向斡歌歹可汗奏道:"蒙长生天保佑、汗叔父的福荫,攻破了篾客惕③城,俘虏了斡鲁速惕百姓,使十一国的百姓归顺了。战争结束,收拢了金缰,大家商议道:在凯旋之前,举行一次

---

① 答鲁合臣:通常写作达鲁花赤。地方、军队、官衙最大的监治长官。

② 探马赤:军队名,探马,镇戍之意。蒙古汗国从各部落中挑选的精兵组成,为坚强的先锋军,屯驻被占领国,担当治安维持等职责。

③ 篾客惕:阿速国的国都,1239 年,该城毁于兵燹。

离别的宴会吧。于是搭起了帐篷，举行了宴会。由于我比这些宗王年长，先饮下一两盏，这引起了不里、古余克的不悦，离开宴会，上马离去了。临走时，不里说：'巴秃和我们地位同等，为什么先饮酒？他只配与有胡须的老婆子比试高低，我用脚后跟踹他，用脚板踏他！'古余克则说：'我们要把带弓箭的老婆子的胸脯打烂！'额勒只吉歹的儿子哈儿合孙说：'给他们接上木头尾巴吧！'我们奉命征讨和我们非一心的敌国，正准备商讨所做的事情是否妥当的时候，不里、古余克却说出了这样的话，以至于宴会不欢而散，现在唯听汗叔父圣裁！"

斡歌歹可汗听了使者奏上巴秃的这些话后，大怒，不准古余克拜见，说道："这个下贱东西，是谁的教唆，使他竟敢对兄长信口胡言！他不过是一颗臭蛋，居然敢与兄长敌对！派他去做先锋，攀登如山高的城，把他的十个手指的指甲磨尽！叫他去做探马，攀登坚固的城，把他的五个手指的指甲磨掉！下贱的东西哈儿合孙，你是和谁学的，竟敢对我们的亲人满口狂言！让古余克、哈儿合孙两人一同前去受此惩罚吧！哈儿合孙本该被斩首，但真的斩了他，你们会说我偏心。至于不里，去对巴秃说，我已派人告诉察阿歹兄长，听任兄长的处置！"

宗王蒙格、那颜阿勒赤歹、晃豁儿台（宫内执法官）、苟吉等人上奏："成吉思汗曾降旨：家里的事情，只能在家里断处。如今让可汗发怒的事发生在野外，若蒙大汗降恩，可否命巴秃断处？"斡歌歹可汗接受了此谏言，允许了古余克来拜见，用教训的口吻责备他说："听说你在征途中，任意抽打所有属下的屁股，全不顾及军人的颜面。你以为斡鲁速惕人是害怕你的愤怒而归降的吗？你以为是你独自使斡鲁速惕国归降，因而就骄傲起来，竟敢和兄长敌对吗？我的父汗成吉思汗，不是曾降旨说过'人多可畏，水深危险'吗？你大概自以为独自成就了大事，其实是在速别额台、不者客（拖雷的庶子）的掩护下，经众人齐心努力，才使斡鲁速惕人、乞卜察兀惕人投降的。你连一、两个斡鲁速惕人、乞卜察兀惕人也没有亲手擒住过，连个山羊蹄子也没有获得过，竟好像什么都是你一个人成就的,口出狂言,招惹是非!多亏有忙该、阿勒赤歹、晃豁儿台、掌吉等人在我的身边相伴,才平息了我的怒气,他们像一把大勺,止住釜中沸水,使我的心情平静了下来。扎,那好吧,野外的事由巴秃决断,古余克、哈儿合孙听凭巴秃处理吧。"

斡歌歹可汗征战金国的故事

（参阅秘史 271—273 节）

斡歌歹可汗与察阿歹兄长商议道："我坐上了父汗成吉思汗赐予的尊位。很可能会遭人非议：你凭什么能力坐上可汗的尊位？如蒙兄长察阿歹首肯，我想去讨平父汗曾征讨过的汉地的金国！"察阿歹兄长同意了他的意见，说："这又何妨？将老营阿兀鲁黑托付给可靠的人守卫，你就出征吧！我也从这里出兵。"于是，斡歌歹可汗将大行宫交由弓箭手斡勒答合儿①守卫。

兔儿年（辛卯，1231），斡歌歹率兵出征金国，派者别做先锋。斡歌歹军击败了金军，杀得金军士兵尸横遍野，追击着金军越过居庸关，在各地攻打各城，后驻扎在了龙虎台。

在那里，斡歌歹可汗突然身染重疾，口不能言。于是可汗周边的人让巫师占卜，观看了卦象，他们说，金国的土神、水神因他们的百姓被掳，

① 斡勒答合儿，札剌亦儿氏人。成吉思汗时期，为弓箭手，御前千户的百户长，掌管四大行宫（斡儿朵）。太宗出征金国，他又奉旨留守行宫。

诸城被毁,所以急遽作祟。于是巫师向神灵许愿,愿以百姓、金银、牲畜为替身,为斡歌歹可汗禳除病患。然而病患不仅未除,反而加重。占卜者又向神灵问道,是否可以亲人做替身。这时,斡歌歹可汗睁开了眼,问道:"怎么啦?"巫师禀奏道:"金国土神、水神因金国百姓被掳,水土被毁,急遽作祟,占卜时,向神灵许愿,愿以百姓、财物做替身,为大汗禳除疾患。但大汗疾患不仅未除,反而愈重。又问可否以亲人为替身,禳除疾患。现在恭请圣裁!"斡歌歹可汗问道:"现在我身边的宗王有谁?"宗王拖雷①此刻正在斡歌歹可汗的身边,就说:"圣主成吉思汗在诸兄弟中,像选骟马、羯羊般地选中了汗兄你,将汗位赐予了你,委你以治国治民重任,命我在汗兄身旁,在你忘记重大事情时提醒你,在你熟睡之际遇到重大事情时将你唤醒。如今,我如果失去了汗兄,该向谁去提醒忘记

---

① 拖雷,成吉思汗四子,元世祖忽必烈的父亲。成吉思汗逝世后,继承了大部分军队、属民、领地,并监国两年。关于"拖雷之死",学者们多有探讨,是个较复杂的问题。秘史所记应视为传说,不一定是史实。

的事情,该将谁在熟睡之际唤醒? 如果汗兄真的遭遇不测,众多的蒙古百姓将成为遗孤,金国人必会拍手称快。我来做汗兄的替身吧!

　　我曾劈开过鳟鱼的背,

　　我曾横断过鲟鱼的脊,

　　我曾战胜亦列,

　　我曾刺伤合答,

　　我的容貌英俊,

　　我的身躯高大!

　　巫师们,诅咒吧!"

　　他说完,巫师就念出了咒语,让拖雷喝下了诅咒过的水。拖雷坐了片刻,说:"我醉了! 待我醒来时,请汗兄好好照料你孤单年幼的侄儿们、孤孀弟媳! 我还能说什么呢? 我醉了!"说完就走了出去,就去世了。

　　斡歌歹可汗就这样讨平了金国可汗,平安地回到了合刺·豁鲁木(今蒙古国哈拉和林地区,在杭爱省西北,蒙古帝国在此建都)驻下了。

斡歌歹可汗制定国策的故事

（参阅秘史 278—281 节）

斡歌歹可汗降旨道："兹重新宣谕侍奉先父汗成吉思汗的全体宿卫、弓箭手、轮值护卫士，如今仍应遵先汗父制定的国策行事！"

斡歌歹可汗说道："先父汗艰辛创建了国家，因此不能让百姓受苦，要使他们安安稳稳地享受幸福。我坐上了至尊汗位，不让百姓受苦是最为可贵的事情。每年让百姓从每群羊中向朝廷缴纳一只二岁羯羊以做汤羊。每百只羊，缴纳一只一岁羔羊以接济穷人。宗王们带着众多兵、马、轮值、轮值护卫士，怎可每次都向百姓征要饮食？可由诸千户出骒马挤奶，让挤马奶人放牧。让管营盘人经常出来代替牧马驹人放牧。逢宗王们聚会，汗廷要给予赏赐资助。要把缎匹、金银、箭筒、弓、铠甲、粮食、器械等装入仓库，派专人看守。从各地挑选管库人、管粮人看守。要分给百姓营地、水源，让他们有驻营安居的地方。可否从各千户中选派专人掌管各营地？又，旷野除了野兽，别无所有，为了让百姓住得宽敞，兹派察乃、委兀儿台两个掌管营地的官员，率人在旷野挖掘水井。又，我们的使臣往来，会使得百姓也沿途奔跑，来往的使臣行程迟延，百姓也劳累受苦。现在颁布定制,由各处千户派札木臣①和马夫在各处设立驿站。使臣们若无紧要的事,不得沿着百姓地界往来,而须沿着驿站往来。这些事是察乃、孛勒合答儿两人想到,向我提议的。我觉得此法可行。望察阿歹兄长定夺,所说的这些事若无不妥,若蒙兄长赞同,就请兄长察阿歹做主。"说完,便派人去询问察阿歹。

察阿歹兄长对于所询问的事情,表示全都赞成,也派人对斡歌歹说:"就如此施行吧!"又说:"我从这里相迎,把驿站连通。我再派人到巴秃那里,让他把他那里的驿站与我们的连通。"又说:"在所询问的这些事中,设置驿站的事再正确不过了!"

于是,斡歌歹可汗说:"察阿歹兄长,巴秃等右翼宗王,斡惕赤斤那颜,也古等左翼宗王,本部公主、驸马,万户长、千户长、百户长、十户长,全都赞成说:'献给答来因可汗②的汤羊,是每年从一群羊中征收一只二岁羯羊,这算不了什么。从每百只羊中征收一只一岁羯羊接济穷人,这是善事。设置驿站派札木臣、马夫管理,不仅能使百姓得以安宁,也能让使臣往来更为方便了。'众人一致赞成。"斡歌歹此项圣旨一经与察阿歹可汗商议,便得到兄长的首肯。于是,按此圣旨,从众百姓中,从诸千户中,每年从每群羊中征收一只二岁羯羊以做为可汗汤羊,从每百只羊中征收一只一岁羔羊以接济穷人。出骟马,安设牧放马驹人。派遣牧马驹人、管库人、管米粮人。派遣札木臣、马夫,规划设置各处驿站,命阿剌浅③、脱忽察儿两人掌管此事。每个驿站配置马夫二十名。斡歌歹可汗降旨道:"驿站所备的骟马、给使臣食用的羊、挤奶之用骒马、驾车之牛、车辆等物,若比朝廷配置的少了一只短绳,则没收其家产的一半入官,若

---

① 札木臣,管理驿站的人,即驿站长。

② 答来因可汗,即"海洋可汗"的意思。海洋,有无限伟大之意。成吉思汗以降蒙古大汗所用的尊称。

③ 阿剌浅,曾随成吉思汗西征的通事,为河西人。通事,就是译官。

少了一段车辐,则没收其家产的一半入官①。"

斡歌歹可汗又说:"我坐上了父汗的尊位后,在父汗之后,所做的第一件事是,出征金国,灭掉了金国;所做的第二件事是,为了能让我们的使臣在路上疾驰,使粮食等物资运输更便捷通畅,设置了驿站;所做的第三件事是,在没有水的地方挖掘水井,使百姓得到牧场、水源;所做的第四件事是,在各城邑的百姓中,设置了先锋、探马臣,以保护百姓,使他们能过上安定生活。在父汗之后,我做了这样四件大事。蒙父汗恩赐坐上大汗尊位后,肩负治国治民重任,但我沉湎于酒,这是我的第一件过错;我的第二件过错是,无理听信了妇人的话,错娶了叔父斡惕赤斤的属民百姓的女子,身为一国之君,却做出了这样无理的事情;所做的另一件错事是,暗害了多豁勒忽,何以说此为错事,因为我害的是曾为父汗效力之人,这就是过错,如今谁还敢为我如此效力呢,不了解在父汗的众人面前循理谨慎的人而加以暗害,这是应该自责的;另,我只怕天地所生的野兽跑到兄弟处去,竟贪心筑起寨墙,以至兄弟们发出了怨言,这也是一件错事。总之,在父汗之后,我做了四件善事,同时也做了四件错事。"

2013 年 10 月译毕

斡歌歹可汗制定国策的故事

---

① 关于这种处罚法,由于原文较难理解,学界看法至今不一致,有一种解释是,若少了一根短绳,就豁开他的嘴唇,若少了一段车辐,就劈开他的鼻子。